空中杀人现场

殺人現場は雲の上

〔日〕东野圭吾 著 杨婉蘅 译

南海出版公司

新经典文化股份有限公司
www.readinglife.com
出 品

目录

1 外站过夜，杀人之夜

29 请带齐您的随身物品

59 相亲席上的灰姑娘

85 神秘旅伴之谜

111 重要失物

137 幻影乘客

163 目标小 A

外站过夜，杀人之夜

1

九月二日，鹿儿岛的外站过夜。

新日本航空乘务员们在鹿儿岛的住宿地点，就定在离机场搭乘出租车约十分钟车程的 K 酒店。不仅如此，他们连晚上出去喝酒的地方都差不多决定了：一家名字和鹿儿岛不沾边的酒吧，也在酒店里，名叫"怀基基"。这家酒吧只有一张坐下几个人就稍嫌拥挤的吧台，还有两张可供四人围坐的桌子，可以说几乎毫无特点。若一定要说，那种与都市里截然不同的气氛、莫名其妙的店名，也勉强算一种特色吧。

就在这天晚上，人称"小 A"的新日航空姐早濑英子，也在飞行员们的邀请之下来到了这家乡土气息浓厚的酒吧。飞行员基本上个个都是海量，或许是他们身上积累的压力很大吧。

"人家好想减肥呢。"

正开门见山直抒胸臆的是跟小 A 同年入职的藤真美子，人称"小 B"。从她的开场白就能了解到，她的体形在空姐里可算稀有，而且她圆眼睛，圆脸蛋。小B这个外号的由来极为简单，不光因为她总是一天到晚跟小A粘在一起，她那圆得像玻璃弹球①一样的身材也是重要原因。

"为什么就是瘦不下来呢？人家连下酒菜都忍着不吃了呀。"小B豪放地将一大扎啤酒一饮而尽，仰天长叹。

"瘦不下来不也挺好的吗？"说话的是副机长佐藤。他三十不到，五官轮廓深邃，在最受空姐追捧榜中排在头一号。他说："可别勉强自己哦。"

"可是像小A那种不用勉强也胖不起来的大有人在啊！这不公平嘛！"

"我可是有胃下垂的。"

小A小心翼翼地回答。事实上，她就是不会胖。不管怎么吃，她那小瘦脸从没有变圆的趋势，不费吹灰之力地保持着一副端庄的日式美颜。

"胃下垂可是空姐的职业病。"机长滨中说。他是个长相很普通的男人，有点谢顶，还有些发福。

"多好啊，我怎么就不胃下垂呢？"

"那还不好吗？健健康康的。"

"可是我最近又胖了两公斤呢。"

"怪不得呢，"滨中忽然一脸严肃，"我说怎么今天飞机莫名其妙地有点往一边歪。"

---

①日语中，玻璃弹球的发音与英文字母"B"相近。

说起新日航第九十八届空姐培训生中的 AB 组合，公司里可是无人不知无人不晓。但这两人出名的原因可完全不同，堪称判若云泥，简直就是钻石和尘土的差距。

首先，小 A 在入职考试的时候，单单履历就让考官惊讶了一把。因为她曾经从东京大学退学。之后的考试成绩再次让考官目瞪口呆。从初试到最终面试，她的成绩简直是鹤立鸡群。不用说，她从培训学校也是以头名身份毕业的，转正之后亦深得飞行员们信赖。公司里有这样一个共识：无论什么工作，只要交给她就没有办不妥的。

但小 A 倒也不属于女强人类型。平常她总是沉默又老实的样子，毫不起眼，隐于人后，却总能一鸣惊人，而且表现得十分冷静。

小 B 倒是也同样令考官瞠目结舌过。因为她准考证上的照片和真人的差别实在令人震惊。据说，她那出色的修片技术和纵然不择手段也要合格的执着信念，竟让考官心生一丝感动。

入职考试的时候，从初试开始到面试结束，小 B 没有一次不是抓住了上榜的尾巴，不断上演着命悬一线的戏码。后来，有当年面试她的考官说，让她那圆溜溜的眼睛一瞪，好像就不由自主地要往合格栏里盖章，跟着了魔似的。

小 B 在训练学校的成绩也是倒数第一。

可是她从未因此沮丧。她一直记得几年前在电视上看过一部关于空姐培训生的电视剧，那么毛手毛脚的丫头也能当空姐，那对我来说还不是小菜一碟——她向来都这么认为。这么自信，真是可喜可贺。自她转正，有个理论在公司里传播开来："无论小 B 干什么，都一定得给她配上小

A才行。"当然，小B本人并不知道。

如此从头到脚风格迥异的两人却匪夷所思地意气相投，除了在职场共事外，两人还同租一间公寓。是否能取长补短不好说，或许她们都在追求对方身上自己所没有的部分吧。总之，今天晚上两个人开开心心地一起在鹿儿岛住了下来。

那个男人进来的时候，这四个人正一边喝酒，一边天上地下地闲扯。除了他们，吧台边上还坐着两个人。酒吧里的客人只有这么多。那人注意到他们，放松了表情走过来。

"刚才多谢了。"那人走到他们旁边。头发微白的他彬彬有礼地颔首。

四人心生诧异。突然间，小B"哎呀"一声，夸张地大声说道："您不是刚才飞机上的乘客嘛！"

"是的。"

不知是不是被人想起的缘故，那人开心一笑，眼角堆起皱纹。对他那鱼尾纹记忆深刻的小A开口问道："您也住这家酒店吗？"

"正是。真是很巧啊。"

"机长，这位是今天航班上的乘客。"小B向滨中介绍。

这位乘客今天在他们的航班上腹痛发作。他看上去年过四十，身材依然有型。小B当时还说什么银发熟男真是帅啊，所以现在再见到他实在是难掩喜悦。

"哦，腹痛发作啊？很难受吧。"滨中说道。

"没有没有，多亏这两位小姐帮忙，现在完全没事了。"他边说边砰砰地拍着肚子。

"一起坐吧。"滨中邀请他坐到旁边的座位上。

这个时候，吧台的电话响了起来。穿着红马甲的服务生拿起听筒，然后用手掩住话筒问道："本间先生在吗？"

刚刚坐下的那个男人站起身来应了一声，起身走向吧台。如此一来，小A得知了他的姓氏。

本间对着电话三言两语一番，又向服务生交代了几句，回到桌前。

"老婆一到酒店就说不舒服，睡下了。我又刚犯了腹痛，不服老真是不行啊。她好像好点了，说让我给她弄点吃的上去。"

关于本间的妻子，小A只有粗浅的印象。那是个穿着偏白色衣服、身材高大的女人，应该还戴着一副超大的时尚眼镜。

"都九点了，差不多饿了吧。"本间边说边看了一眼墙上的时钟。

不一会儿，应该是本间点的三明治做好了。趁着服务生出去送三明治，小B站起身来。大概是啤酒喝多了，她一直不停地跑厕所。

原本打算一个人喝酒的本间似乎因意外地找到了酒友而显得很高兴，一下子打开了话匣子，滔滔不绝起来。大家知道了他是大学的副教授，好像是教心理学的。昨天学校开学，不过离他的课开课还有将近一个星期，所以他就带着妻子来九州旅游。

"我老婆的侄子在这儿读研究生，我们也想顺便看看他。"本间边说边将自己的兑水威士忌一饮而尽。

"您的孩子呢？"小A问道，随手把沾在本间裤子上的脏东西弄掉。她就是这么有女人味。

本间在一阵惶恐过后回答道："孩子是一个也没有啊。"说着，他眼角耷拉下来，满脸透着遗憾。

过了一会儿，小B一脸清爽地回来了。

"怎么这么慢呀？"小A问她，她回答说自己回了一趟房间，补了补妆。正因如此，她现在看起来格外清爽。

"啊，对了，我看见服务生把三明治送上去给本间太太了。就在我们房间旁边。"

"哦……"本间认真地问，"怎么样？她情况怎么样了？"

"我只看了一眼而已……看上去挺精神的，好像气色还不错呢。"

"这样啊。"本间如释重负，长出了一口气，"要是她一直这么睡下去，这趟旅游可就白来了。这下好了。"

小A觉得他话里话外透着股真实感，好像他们曾经有过这样的遭遇，浪费过这样的旅行机会。

之后的四个小时，几个人就这么一直喝酒，直到时针指向一点的时候才结束。男士们干掉了一瓶威士忌和半打啤酒，小A喝了两小扎啤酒和一杯果汁，小B则喝掉了三大扎啤酒，去了四趟厕所。

"哎呀，今天晚上真是尽兴啊！"出了电梯各自回房的路上，本间真诚地说。

滨中他们住在下面一层，已经出了电梯。

"托你们的福，今晚我肯定能睡个好觉。"

"我们才是。刚才听您讲了那么多有意思的事，真的很开心。"小A

回答。

听了他刚才说的那些关于心理学的趣闻逸事，小A觉得很长知识，飞行员们也都全神贯注地听。

"真的很有用呢。"边打哈欠边还礼的小B说。

"那就太好了。希望下次有机会还能一起喝酒。"本间说着，在自己的房间门前驻足，微微点头。

小A和小B也站定，向他报以微笑。

"那回头见。"

"晚安。"

两个人朝自己房间走去。背后响起了门锁打开的声音。

小A和小B住的是双人间，从本间夫妇的房间数过来是第四间。小B费劲地掏出钥匙打开门。

正是此时，她们听到巨大的喊叫声。小A一时间没听清喊的是什么，但可以判断出是本间的声音。他的房门半开着。小A和小B毫不犹豫地跑了过去。

2

"所以说，你们两位是第二发现人喽？"

鹿儿岛县警望月边说边比较着眼前两人的长相。望月三十五岁左右，头发三七分，戴着金丝边眼镜，穿着笔挺的西装，一副银行职员的模样。

"是的。"小B拍着胸脯说,"你问吧,问什么都行。"

"也没那么多可问的。"望月小声说道,又问了问她们和本间的关系。小A把他们相识的经过以及在酒吧喝酒的事情,按照顺序一一解释给刑警听。刑警看小A的眼神逐渐发生了变化。

"哦,你是空姐对吧。怪不得……"

"我也是。"小B接道,"看不出来吧,其实我也是空姐。"

望月闻言看了小B一眼,停了一会儿,说道:"啊?原来如此啊。"似乎他找到了相应的理由说服了自己。

小A听到本间的喊声冲进他房间时,映入她眼帘的是一个直挺挺摊在床上的女人,还有正拼命摇晃着那女人的本间。随着他不停地摇晃,女人那双穿着高跟鞋的脚也不停地摇摆着。小A本想问问究竟发生了什么,可她走过去便马上明白了。因为在那女人身上完全感觉不到一丝活气。她想立刻打电话给前台,刚要拿起听筒,小B便当场晕倒了。

警方是十五分钟之后到达现场的。已经从晕厥中重新振作起来的小B兴奋道:"太可怕啦!简直就跟刑侦剧一样嘛!"

正如她形容的那样,警方的侦查人员和鉴定人员已经开始一丝不苟地勘查现场。戴着金丝边眼镜的刑警望月就是侦查人员之一。他和年轻的搭档一起负责询问相关人员,小A等人也被要求接受询问。询问就在案发现场隔壁的房间进行。

"就是说,你们一点钟刚过在本间房门口跟他分开,紧接着听到了惨叫声，然后赶到房间，发现发生了案件……是这样吗？"

"是的。"小 A 和小 B 异口同声地回答。

"之后你就跟前台联系，然后和本间一起在走廊上等经理。跟经理说明情况以后，你们让他报了警……没错吧？"

"没错。"小 A 回答得毫不含糊。她发现案发之后之所以立刻离开了房间，就是觉得应该尽量不动现场任何东西。

"完全没问题，是吧？"望月又向小 B 确认了一遍。

小 B 一脸平静地回答："那个时候我在自己房间里等着呢。"

她撒谎了。说"等着"真是好听多了，其实就是晕得不省人事。

"发现案发前后，你们俩有没有见到过其他人出现？比如说在走廊上擦肩而过的人什么的。"

望月并没有指定谁来回答，两个人不约而同地摇摇头。九月的工作日里，来入住的客人很少，况且又是半夜三更。所以刑警点头道："哦，这也的确有可能。"

"那个……"小 A 诚惶诚恐地问道，"本间先生的太太是为人所杀害的是吗？"话说出口，她顿时觉得用这种尊敬的语气有点别扭。

刑警倒是没注意到什么不自然的地方，回答道："可能是吧。"

"死因是什么啊？"小 B 问，"果然还是被人用刀什么的捅死的吧？"

"刀？"刑警一头雾水，"不是。都没什么出血的迹象。"

"是这么回事吗……"

"死因是窒息。被人勒住了脖子。"

小 B 不由自主地"啊"了一声，紧接着吐了吐舌头。

询问结束，两个人走出房间，看到走廊上有一大群男人正因什么事而乱作一团。她俩千辛万苦冲出人群来到自己房间门口，发现滨中和佐藤两人正满脸倦意地等着她俩。

"这事挺够呛的吧？"佐藤担心地看着她们说，"听说小 B 还晕倒了。"

"我才没晕！"小 B 气鼓鼓地回答，"我在房间等着呢。"

小 A 向滨中讲述了大致经过。

"那么应该不会影响明天的飞行喽？"滨中的回答还是从本职工作的角度出发。

"我觉得大概没问题吧。"

"嗯，你们是案件的关系人，但我估计不会有太多麻烦，要是有事一定跟我联络。"

两个人一边点头一边答应。

机长他们离开后，小 A 和小 B 进了房间。

"太厉害了！"小 B 马上感叹道，"这种事我可是头一回遇见，现在心脏还狂跳呢！"

"我可是吓死了！"小 A 坐进沙发。这是她第一次见到尸体，而且还是他杀。直到前一刻她还身处紧张之中，连体会恐惧感的余力都没有。

"杀人案什么的只有电视剧里才见得到吧。不过该发生的时候总是会发生的，你说是不是？太好了，这下回去能跟大伙儿使劲宣扬了。"小 B 兴奋着，那语气好像碰到了什么好事一样，完全看不出来她刚才还晕倒来着。早有传闻说她之所以被录用，靠的就是这种出类拔萃的乐天性格。

"可是,"跟小B完全不同,小A眉头微蹙道,"到底是谁杀了本间的老婆呢?"

"那些警察说了,她的手袋让人给偷了。"小B有偷听别人悄悄话的绝活儿,"所以应该是抢劫吧。"

"可是为什么盯上了本间的老婆呢?有那么多房间呢。"

"绝对是偶然啦。他老婆倒霉呗!"小B简单总结道。

"可是,"小A把头一歪,"那可是双人房啊。难道强盗没考虑过房间里可能有两个人吗?"

"强盗肯定早就盯上她了。等她老公一出门,马上冲进去。"

"怎么冲啊?门可是锁着的。"

这家酒店的房门用的是那种一关门就会锁上的自动锁。

"那……那就是做了什么手脚。"

"什么手脚是指……"

"就是……哎呀,有很多可能啦。这种事情什么可能性都有嘛。"

小A并未释然,可是这么讨论下去也不会有什么结果,她决定先洗个澡。就在她换上拖鞋的时候,有一个问题开始在脑海里萦绕不去:为什么本间太太穿着高跟鞋呢?普通人进了房间都会脱鞋放松一下,这难道不是本能吗?何况本间之前还提到过他老婆身体不适。

"啊,我真是太期待明天的到来了!我一定得跟大伙儿说这件事。小A,我晕倒的事你可不许告诉别人哦!"

小B脱下高跟鞋随手一丢,然后就骨碌碌滚到床上,睡下了。

3

第二天早上九点,枕边响起电话铃声。小A一接,耳边传来一阵叽里咕噜听不清楚的声音,不像是酒店的工作人员。小A觉得这个声音很熟悉,转念一想,这不是刑警望月嘛。电话似乎是从前台打来的。他说想再进行一次询问。

见面地点在酒店大堂。小A和小B一起下来,见到了等在那里的望月。和昨天一样,他还带着那个年轻的搭档。不知是不是整晚没睡的缘故,他眼中布满血丝。

"真是辛苦了。"他边说边微微鞠躬,不过这话听上去好像是对他自己说的。

"我们得确认一下最后一个见到本间太太的人是谁。"刑警翻开记事本,边用圆珠笔挠头边开始问话,"据我们调查,九点左右的时候本间曾让酒吧服务生送三明治到房间去。这事你们知道吧?"

两人一言不发地点点头。

"听说那个时候这位藤小姐曾路过房门口,是不是?"刑警问小B。

"嗯,对啊。这么说我就算是最后一个见过他老婆的人啦?"小B双眼闪闪发光,提高了嗓音,好像因得知自己是重要证人而特别高兴。

"是你和那个服务生。我是想来确认一下那个服务生的记忆准不准确。"

"就包在我身上吧！"小B拍着胸脯保证，"我对记忆力还是很有自信的。"

"啊……"刑警脸上闪过一丝复杂的表情，随即开始提问，"首先，你经过的时候，本间太太都做了些什么？"

"做了些什么……就是接过了三明治呗。"

"在门口？"

"对。门开得不大，好像是从门缝里接过去的。"

"她穿的什么衣服？"

"这个嘛……我觉得是偏白色的连衣裙。"

"她说什么了没有？"

"这我可没听见。"

"嗯。"刑警喘了口气之后点了点头，可能觉得她的口供和服务生是一致的吧，"那个时候走廊里没有其他人？"

"没有。"

"这样啊。"望月点了两三下头，把记事本收进了西装内侧的口袋里，"我明白了，谢谢你们。"

"这样就完啦？"小B一副不满的模样。

"调查之后你们都掌握了些什么情况？"小A问道。

望月轻轻摇了摇头说："什么都没掌握到。除了本间太太被杀之外。"

"案发时间什么的呢？"

望月耸耸肩回答："现在只知道应该是九点左右最后一次现身之后。"

在酒店的餐厅吃完稍有点晚的早餐时，一个自称是本间太太的侄子的人过来跟小A她们搭讪。她俩刚刚饱餐了分量十足的美式套餐,正准备叫上一杯咖啡,那人就出现了。他看上去二十五岁左右,在男人中个子并不算高,肤色白皙,从短袖衬衫中露出的双臂十分纤瘦。

"看来给你们添了不少麻烦。"那人说道,声音又尖又高。他叫田边秀一,据说是本间太太唯一的亲戚。"我跟姑姑本来打算今天见面的。谁知道居然发生了这种事……太震惊了。"秀一神经质地皱了皱眉。

"你见过本间先生了吗?"

被小A一问,他无力地点点头说:"刚才见到了。我姑父大概也没想到一场旅行会变成这样吧。而且一直被警察问来问去的,连害怕都来不及,一定吃不消了吧。"

"警察?"小A又问,"田边先生你也被警察叫去了?"

"是的,今天一大早就被叫去了。我就是在那儿见到姑父的。"

"警察都问你什么了?"小B发挥围观群众本色问道。

"问了好多。"秀一回答,"还问了我的不在场证明。"

"不在场证明?!"突兀而响亮的喊声令全餐厅侧目。小B急忙掩住了嘴。

"为什么你会被问到?"小A小心翼翼地问。她对这种事情很好奇,但不好兴冲冲地问。

不过,这似乎并没有伤害到秀一,他沉着地开口应答:"具体情况我不清楚,不过这家酒店的门都是自动锁,按理说我姑姑和姑父的房间应该是百分之百上了锁的。要是凶手想进房间,必须得让姑姑来开门。因此十有八九是熟人作案。"

"那田边先生你有不在场证明吗？"小B问道。这个时候她的粗神经显得弥足珍贵。

"他们问我的是从晚上九点到凌晨一点。不巧的是，我只能证明九点半以后。因为昨晚我在朋友家，九点半左右到的。"

"还是挺过分的。连自己人都怀疑。"

小A觉得如果自己是警察，估计不会怀疑眼前这个男人。他看上去太柔弱了，如果他去勒别人的脖子，大概会反过来被勒死。

"而且还要考虑动机问题嘛。"

秀一闻言，嘴唇上浮现一丝寂寞的苦笑："我也这么认为。但换个角度来想，突然发现自己也不是完全没有动机。"

"难道说牵扯到巨额人寿保险什么的？"小B提出了一个谁都能想到的问题。

田边继续苦笑着说："姑姑去世了我一点钱都捞不着，而且正好相反。"

"相反？你还能损失什么钱吗？"

"不是不是。说相反也许有点不恰当……其实并不是说姑姑去世了我就能有钱进账，而是她活着的话我就得不停地掏钱出来。"

小B惊讶得说不出话。她如果沉默，便代表脑袋里正一团糨糊。

小A代她问道："就是说，本间太太在花你的钱？"

"正是。"秀一点头，"实际上，我父亲，也就是我姑姑的哥哥，去世的时候给我留了一大笔遗产。但是在遗书中，他委托姑姑在我成人之前代为管理这笔遗产。所以至今为止，这笔遗产一直在姑姑手上。直到最近我才知道这些钱少了好多，好像是被姑姑拿去投资股票了。"

"那她是擅自使用的吗？"

"虽说是擅自吧，但怎么都是自己人的钱。我觉得姑姑没什么罪恶感。我曾经要求她停手，她就说反正都是为了我、到时候准能分文不少地还给我什么的，根本没有收手的意思。遗产的的确确在逐渐减少。所以从警方的角度看来，我就有动机了。"

他的语气实在太冷静，简直不像是在说他自己。

"不好意思，我想问问，田边先生你昨晚去的朋友家到这里大概有多远？"

听了小A的提问，田边想了一想，回答说："车开得快点的话二十分钟吧。"

"那肯定没问题啦。"说话的是小B，"人家最后见到本间太太都九点多了嘛。要是先杀了人再在九点半赶到朋友家几乎是不可能的嘛。"

"真是这样吗？"

看到秀一一副忧心忡忡的模样，小B拍了拍胸脯说："我可是证人哦！绝对没错！"

4

"太走运啦！"小B开心地拍着手。

因为需要协助警方调查，她们当天的飞行任务由别的空姐来代班了。

这是鹿儿岛县警方提出的要求。

跟望月见面约在了晚上,所以她们有充足的时间在附近观光。遇上这种事,估计谁都觉得走运吧。不过普通人在这个时候或许没有心情活蹦乱跳地到处玩。

小A和小B一会儿逛逛街上的土特产店,一会儿光顾一下导游手册上推介的"享受本地特色菜肴请到××店,只需一千三百元即可尽情品尝"的餐馆,好好享受了一番旅游的乐趣。不过,实际情况是小B马不停蹄地东逛西逛,小A在后面拼命地追着跑。

如此这般充分地利用时间之后,该去见刑警望月了。

"实在过意不去,一趟趟地麻烦你们。"

望月恭恭敬敬地低头行礼,小B笑嘻嘻地看着他。既不用上班又能发挥她爱八卦的本色,小B开心得不得了。

"其实让你们等到晚上也是有原因的。"

刑警卖了个关子。晚上的调查跟早上一样,都在酒店的大堂进行。小B本来幻想着约在餐厅附近,好在警方还没她想的那么随便。

"其实我是想等解剖结果出来。"

"结果怎么样?"小A认真地问。

"这个咱们稍后再谈。"望月慎重地掏出记事本,问道,"你们俩昨天晚上在酒吧喝酒是从八点左右一直到凌晨一点刚过,对吧?"

"对。"两人异口同声。

"本间先生快九点的时候才来,然后跟你们喝到最后……"

"没错。"小A接道。

"你都知道的事就别问啦。"小B说。

望月清了清嗓子。"我想问的是，本间是从头到尾都没离开过，还是中间去过哪里？"

小A"啊"了一声，说道："这我倒不记得。"

"人家可记得！"小B鼻子里直出粗气。她自信爆棚的时候总是这样。

"本间先生一次也没离开过。我总是跑厕所，而本间先生却一趟厕所都不去，我觉得特别不可思议。"

她的说法倒是证明帮人加深记忆的方法是多种多样的。但望月似乎不大认同，追问道："真的吗？比如九点半到十点左右，他一会儿都没离开过？"

小B回答："没离开过。我的记忆绝对准确。"她表示完全不吃这套。

"这样啊……"望月说。

小A看望月垂头丧气，仰脸问道："那个……难道本间先生成了怀疑对象？"

望月回望着小A的眼睛。"是的，"他回答，"说白了，我们是在怀疑他。"

"你说的九点半到十点是指……"

"就是推断的死亡时间。"望月说，"解剖结果显示，本间太太胃里残留着没消化完的三明治。我们检测了这些三明治残渣，判断应该是吃下去三十分钟的样子。"

"哎哟，这就没辙了。"小B轻描淡写地说，"本间先生可是有不在场证明的。"

20

"所以说,"刑警求救般看着两人,"你们再好好想想行不行?他真的一会儿都没离开过?"

"他的动机是什么?"小A追问,完全忽视了刑警的提问,"我们问过田边秀一他被怀疑的理由了。"

"一样。本间太太投进股票的钱不只是田边的遗产,还有她自己从父母那儿继承的财产。按理说,后一种情况下,她用的是自己的钱,别人根本无话可说,但从本间的角度,他大概想在那些财产被花光之前据为己有。"

"但是人家可有不在场证明哦!"小B很难缠。

"对了,这么说来,"小A好像想起了什么,"如果推测死亡时间是九点半到十点之间,那田边的不在场证明也能成立喽?"

"就是说嘛。"望月脸上写满了烦恼,"他也是无懈可击!"

"这回可走投无路了。"

小B嘟囔着。刑警除了狠狠瞪她一眼之外无计可施。

"是他们的调查方法太差劲了。"

穿着吊带裙的小B盘腿往床上一坐,边用吹风机嗡嗡地吹着头发边说。聊天的空当,她还把手伸进了薯片袋。

"谁说想减肥来着。"小A嘟囔道。

"你不觉得他们直接定性为熟人作案很不妥吗?不是还有个被偷走的手袋嘛。"

"那也有可能是凶手的障眼法啊。"

"你都说了只是有可能嘛。"小B的话里透着点赌气的意思。小A非常清楚她为什么是这种态度——八成是因为那个浪漫银发熟男本间和瘦弱男田边都很合她的口味。

"但是房间进不去啊。"

"所以说……肯定做了什么手脚嘛!"

又绕回昨晚的讨论了。小B强词夺理的时候就会说得模棱两可,像"做了什么手脚""有好多可能性"之类的。

"总之整个调查又回到原点了呗。"小B咔嚓咔嚓地嚼着薯片说。薯片渣落了一床。

"你啊,吃相太难看了。"小A绷着脸说。

"这算什么,无所谓啦。"小B说着开始用手掸薯片渣。细碎的渣子簌簌地落到地板上。

小A的思维突然被什么东西绊住了。

这很像后槽牙的牙缝卡着鱼刺的感觉。用舌尖能舔到,似乎随时可以把它弄出来,但一时半会儿又做不到。这根让人心烦意乱的鱼刺连牙签都无能为力。不舒服的感觉越来越明显。

"你怎么了,小A?肚子疼啊?"

永远无忧无虑的小B并不知道,人在思考的时候面孔有时会显得扭曲。

"我求你了,稍微安静一会儿。"

小A紧抱着枕头拼命想理出头绪。薯片渣、垃圾、面包渣……

她问无所事事的小B:"对了,你最后一次看到本间老婆的时候,她戴眼镜了吗?"

"啊？眼镜？"小B望着天花板，思考了一会儿，答道："嗯，她应该戴着眼镜，很大很大的那种。"

小A立即奔向电话。她脑中豁然开朗。

5

第二天一早，一如往常在酒店的餐厅。

穿着浅灰色西装的本间正吃着早饭。看到小A她们，他微微抬了抬手。两个女孩走过来坐到他对面。

"这回真给你们惹了不少麻烦。"本间特意站起身来，给她俩鞠了一躬。

"哪里，本间先生才辛苦呢。"

听小A这么说，本间连连说不，嘴角浮现一丝苦笑。"我连悲伤的时间都没有，今天回家以后还有很多事要处理。"

"那您又要坐我们的航班啦。我们一会儿就要执行乘务了。"

听小B这么一说，本间显得很高兴。"那我太幸运了。本来孤身一人心情很沉重。"

"我们会服务得很周到的！"小B的话说得很怪。

"我能问您一个问题吗？"小A看着本间，"您太太眼睛不太好吗？比如近视什么的。"

"没有啊。"本间摇了摇头，"她的视力算不错了，况且也没到老花眼的岁数。有什么问题吗？"

"没有，没什么大不了的。"小A也摇摇头，"我只是想不通。您太太倒下的时候不是戴着眼镜吗？在房间里戴眼镜挺奇怪的。"一瞬间，小A似乎察觉到有一丝锐利的目光从本间眼中闪过，也许是自己想太多了，只见本间立刻恢复了平静。

"这样啊。你这么一说好像也是。我老婆喜欢平光眼镜，平常在家里也一直戴着。"

"哦，"小A也点头表示同意，"可能有的人就是有这种习惯吧。"

不久，她们俩该出发了。小A对本间说："那我们先失陪了。"

本间报以微笑："那咱们飞机上见。"

她们到了鹿儿岛机场，望月早已等候多时。跟初次见面时相比，他头发凌乱，透着股疲惫，但气色还不错。

"昨晚那事，我们在机场附近搜查了，但没什么发现。现在正在东京那边搜查。"

"来得及吗？"小B半信半疑地问，"东京可大得很。"

"努力就来得及！"望月重重地点头。

小A她们需要在出发前一个小时做好飞行准备，出发前五十分钟到调度室跟飞行员开准备会，起飞前三十分钟左右登机检查客舱。

"到底来不来得及啊？"小B一边检查阅读灯，一边担心着。那口气似乎很不相信望月他们的能力。

"他不是说了嘛,努力就来得及。"

小B哼了一声。"说大话谁不会啊。"

小A从客舱望向候机厅,思考着。问题并不在于是否来得及,而在于能不能找到那家店。人的记忆是靠不住的。时间一秒秒地流逝,真相被淹没于茫茫黑暗中的可能性随之增加。如果警方今天无法找到那个东西,那很有可能永远都找不到了。

"还有十五分钟哦。"小B说。

乘客登机的时间到了。

小A站在舷梯上等待乘客,她有些紧张。

暑假刚刚结束,乘客依旧寥寥。几乎都是裹着西装的商务人士,他们习惯了飞机也习惯了空姐。夏天的那些游客里,有时会有老人让空姐帮忙拍照留念什么的。可是这些商务人士上了飞机,只关心能看完多少资料。空姐似乎都成了透明的。

招呼好这些带着千篇一律疲劳面孔的男人之后,小A的目光落在一个正从候机厅信步而来的男人身上。那人注意到她,轻轻扬起了手。认出那人就是本间的时候,她深深地感到失望。

——果然还是没找到啊。或者本间根本就不是凶手?

昨晚,她看到小B掉了一地的薯片渣后,想到了一件事情——本间刚进酒吧时,她随手帮他弄掉沾在裤子上的脏东西。那时她并没有多想,可是昨晚她发现那脏东西是面包渣。

那么,为什么他身上会有面包渣?

按常规思考,可能是他进酒吧之前吃了面包。那吃面包的只有他自己吗？他太太不舒服所以没吃？

小A的大脑飞速运转起来。

本间太太的胃里残留着没消化的三明治，但并不一定就是服务生送去的那个。提前准备好另一个三明治，让她吃下去再将她杀害也完全说得通。比如，可以假设这样的情况：

到了酒店不久，大概八点多，本间和他太太一起吃了自带的三明治。三十分钟之后，他就杀了她。本间太太连脱鞋放松的工夫都没有就遇害了。

杀人后，本间去了酒吧，先制造不在场证明，再让服务生送三明治。这样一来就能证明自己的清白了。

我们几个则被本间利用来制造不在场证明，小A想。细想起来，一个在飞机上还闹肚子疼的人怎么会喝酒喝到大半夜，这实在不合常理。恐怕所谓腹痛不过是认识空姐的借口吧。而且他原本就知道那家名叫"怀基基"的破旧酒吧是新日航乘务人员常去的地方，只要到了那里，就一定能找到为自己做证的傻子。小A思忖着。

这时，本间面带微笑踏上了舷梯。

但这些推测还是存在问题的，即本间太太打到酒吧的那个电话，还有她本人从服务生手里接过三明治这两点。但如果有替身，这两个问题就迎刃而解了。她戴着巨大的眼镜，就算戴着假发什么的，初次见面的人也不会察觉半点异样。

尽管是半夜接到电话，听了小A的分析，望月的声音依然明亮起来。

"那明天会逮捕他吗？"小A问。

望月并没有给予肯定的答复。

"你的推理的确能够成立，但是没有证据。只要没有物证，就很难推翻他的不在场证明。"

"那就眼睁睁看着他逃掉？"

"那倒不至于。如果你的推理没问题，那么本间或者他太太肯定去买过三明治。我们可以找找那家店。"

"能找到吗？"

"会找到的。"望月断言。

本间一步步登上舷梯。

如果本间买三明治的店找到了，望月应该在机场就已经逮捕了他。可是本间现在就在小A面前，看来那家店还是没找到。

本间站在了小A眼前。

"你好。"他说着，露出在他这个年纪很少见的雪白牙齿。

出于职业的条件反射，小A也微微一笑，但紧接着就像突然坏掉的发条娃娃一样不自然地僵住了。

小A仰望着本间，一辆汽车进入了她的余光。

那是一辆白色的敞篷车，开车的正是望月，身后的年轻搭档抓着一个人，正是田边秀一。

小A瞬间明白了事情的来龙去脉。

那家店已经找到了。扮演本间太太的人，很有可能是那个削肩细声的田边。拥有同样动机的两个人一同谋杀了本间太太——这的的确确是最让人心服口服的解释。

小Ａ面对本间，再度微笑。"这位乘客……"

本间侧了侧头。

小Ａ暗暗地深吸一口气，指向他的身后继续说："您乘坐的班机，在那边。"

请带齐您的随身物品

1

十一月二十日，星期天。一架预计起飞时间十八点三十五分，预计到达时间十九点三十五分，由大阪飞往东京的A300客机的客舱内。

"真是悲剧啊。"

小B，即藤真美子，一边检查照明系统一边自言自语。现在刚过下午六点，空姐们正在做起飞前的准备。

"我怎么就这么倒霉呢。"

"没办法啊。这种事有时是会碰上的。"回答她的是小A。

"什么婴儿旅行团，这么无聊的玩意儿谁想出来的！"小B胖嘟嘟的腮帮子鼓了起来。

"当然是旅行社想出来的啊。我倒觉得这个点子不错。"

"开玩笑吧？怎么不替我想想。"

两个人正窃窃私语，乘务长北岛香织从后面走过来。"小藤啊！"她喊道。

小B发出一声类似打嗝的声音，马上立正。

"作为空姐也好，将来做母亲也好，我觉得这对你是很好的锻炼。这样吧，今天这个婴儿旅行团的任务就全交给你了。"

"啊？太残忍了吧！"

"你给我闭嘴。"香织唾沫星子横飞，"乘客就是乘客，知道吗？你好好干，这样既能提升一下身为空姐的自觉，也能减减肥。"

"唉……"

北岛香织昂首挺胸大步远去。望着她的背影，小B扮了个鬼脸。

婴儿旅行团是某旅行社策划的，以带婴儿的年轻夫妇为对象的旅游产品。这世上被婴儿绊住没法出门旅游的夫妻还真不少。旅途中不仅要费劲照顾婴儿，还不得不考虑团友的感受。父母家离自己太远的夫妇，也不知道能把小孩托付给谁。

因此，面向这种年轻夫妇而设计的婴儿旅行团，其前提就是有婴儿。行程一点都不累，所有休息场所婴儿设施齐备。最棒的是全体团员都带着婴儿，这下就完全不用顾忌别人的感受了。

婴儿团一行今天要搭乘小A和小B所在的飞机。小B一直絮叨不停，因为她之前并不知道要接待这样一个团队。

"人类的婴儿最不可爱了！你看看人家熊猫宝宝，绝对比玩具娃娃都可爱！你见过有卖婴儿玩具娃娃的吗？有也肯定卖不出去！因为那一点也不可爱！"

小B心烦意乱的时候就容易胡说八道,小A听了笑而不语。

过了六点二十分,乘客陆续开始登机。小A她们站在舱门口迎接。

平时,这次航班的乘客以商务人士为主,到了假日,游客则占大多数。今天映入乘务员们眼帘的大多是二十岁出头的年轻人。

小A注意到,这些年轻乘客的脸上都有些相似的异样。简单说来,那表情掺杂着困惑、恐惧和忧郁。

"我真是服了!真的。"一个学生模样的男乘客经过空姐身边的时候嘴里念叨着。

"哎哟,真是累死了!这趟肯定睡不好觉了。"跟他同行的一位男士回答。

小A和小B不约而同地对视了一眼。

登机的乘客过半时,登机通道的另一端传来一阵响声,像猫被踩发出的叫声。这响动还不止一种声音,而是几种哭声混杂着,越来越近。

"来了!"小B悲壮地说,"恶魔的呼唤来了!"

不一会儿,普通乘客的后方出现了一面红色的三角旗。仔细看能看到旗子上画着一个卡通婴儿。举旗的是个长头发的年轻女人,大概她是陪团导游。她容貌端正,但是脸色发绿、双目充血,似乎在诉说着这次旅程的残酷。

就在她身后,那个团队出现了。

小A并不是没见过带婴儿的乘客。确切地说,执行A300机型的乘务时,一定会有几个乘务组碰上这样的乘客,但是眼前的光景还真是头一遭。

年轻的妈妈走在前面,后面跟着抱着孩子的爸爸。这样的组合不断从后走来,登上飞机。不知道是不是因为感受到了不同寻常的状况,婴儿们都贴在爸爸身上撕心裂肺地哭。空姐们说着"欢迎光临,本次航班飞往东京",可惜完全听不到。

"地狱啊,婴儿地狱啊!"小B郁闷地自言自语。

带孩子的家庭一共二十五组。平常总是小心翼翼的他们,组成团队之后明显变得强势了。

即使飞行期间禁烟灯熄灭,他们也会大声抗议:"没看见这儿有小孩嘛!"就算是不禁烟的座位,只要离他们近一点,他们也坚决不许任何人吸烟。被抗议的人起初总想反击,但是让抱小孩的妈妈团那齐刷刷的眼神一瞪,也只能默默地把烟收起来。

小B从北岛香织那儿接下服务婴儿团的任务后,也苦斗恶战了一番。从发热毛巾时起,她就一会儿被那些妈妈问换纸尿裤的地方在哪儿,一会儿又被问能不能帮忙抱一下孩子什么的。被问多了,以至于在分发热毛巾时她就把"这是您的热毛巾"说成了"这是您的纸尿裤"。若不是小A的提醒,她还混乱着呢。

A300机舱尾部卫生间里有换纸尿裤的台子,今天几乎一直有人在用。所以小B必须时常在机舱和卫生间之间狂奔,给妈妈们帮忙。

哭闹的小孩不止一两个。一个哭就能诱发一片,跟大合唱似的。每到这时,小B就得忙着做鬼脸挨个儿哄。不可思议的是,小B完全是被逼上阵,可那些小鬼对她的鬼脸反应出奇地好。

"真是的，可恶！"小B一边拿着奶瓶冲奶粉，一边抱怨，"我怎么这么倒霉啊……"

"马上就到东京了，忍忍就过去了。"

"哭得呜呜哇哇的，吵死啦！我决定结婚后坚决不要小孩！"

"可是你跟小孩很合得来嘛！"小A说着风凉话。

"别开玩笑啦！"小B一边还嘴一边摇着奶瓶。

小A从一个妈妈那里听说，这次旅游主要逛了逛奈良和京都一带。他们坐着大巴悠闲地转了几天。旅行社并没有安排那种赶场似的行程，而是让大伙儿在一个地方自在悠闲地玩。这个年轻的妈妈很开心，说好久没有这么像样地旅游过了。

他们的团员基本上都是夫妻加一个婴儿这种组合。也有几家是只有妈妈带着孩子的，估计是孩子差不多大的几个好朋友一块儿来参团。

飞机飞了很久，终于准备着陆了。让全体乘客都回到自己的座位，按照指示系好安全带后机舱里一下子安静了很多。刚才还兴奋哭闹的孩子们也差不多都睡着了。小A她们坐到了乘务员座椅上。

灯光变暗，飞机开始着陆。机体逐渐下降，然后就是一下轻微的撞击感。引擎声急速降低。

飞机抵达东京羽田机场。小A看了看表，晚上七点三十七分，基本上准点。

空姐们在舱门口列队，送乘客们下飞机。小B来到小A身边，神色疲惫。

"我再也受不了这种事了。"

"但这也是次不错的经历，不是吗？"

"你可饶了我吧。"

小B嘴上这么说，可当婴儿团经过自己面前的时候，她还是做了哄小孩的鬼脸。

"辛苦了。一路平安。"小A恭恭敬敬地行礼，目送乘客们远去。抱小孩的一共二十五个人，没有问题。

送走所有乘客之后要检查有没有遗忘的行李物品。七个空姐分工，分别检查行李架、座椅、座椅后背的袋子。

"啊！"小B突然大喊一声。

小A循声望去。"怎么了？"

"发生什么事了？"北岛香织走了过来。

"有人落了东西。"小B回答。

"那得赶紧给乘客送过去。落的是什么？"

"是……"小B结结巴巴的，蹲到了那个座位前。

"到底是什么啊？你快说。"香织催促着，紧接着便惊讶得合不拢嘴。

小B抱着那个东西，看着小A和香织，眼睛瞪得圆圆的。

"有人落下了小孩。"

之后的好几秒钟，小A不知道该说什么。在场的所有空姐都僵在原地，呆望着那用浴巾包裹的一小团东西。

"是个婴儿，"小B重复了一遍，"活的。"

这句话让北岛香织回过神来。"当然是活的。赶快去追乘客。他们可能还在等行李。"

"明白！"

小B抱着婴儿奔出机舱。身后飞来香织的声音："你别那么急，别摔着！掉在地上可就坏啦！"

随后香织指示小A也跟过去。

"应该就是刚才那个婴儿团吧。居然能把自己的心肝宝贝落下了！"

小A笑了笑，马上去追小B。可是她边跑边纳闷：二十五组都下了飞机，应该都把小孩抱走了才对啊。

到达口外，婴儿团正在点名。小A和小B赶紧过去说明情况。人群中传来一阵笑声。

"谁能把自己小孩给落下了啊！"有人说。是刚才那个让小B冲奶粉的妈妈。

"但是大家最好再确认一下……"小A说着，把婴儿团的小孩们逐个看了一遍。一边看，一边问自己，到底在确认什么呢？忘了小孩，第一个发现的应该是孩子的妈妈啊。

然而所有团员都好好地抱着自己的小孩。婴儿的人数也是二十五，准确无误。

"会不会是其他乘客的孩子？"女导游问。

的确有这个可能性。可是空姐们在登机前早就确认过了：这个航班上只有二十五个婴儿。

被落在座位上的那个小家伙，此刻正趴在小B胸前美美地睡着，身上还有淡淡的奶香。

37

2

"嗯……"

客舱科长远藤双臂环抱,看着自己的办公桌,那个婴儿正躺在上面。大家一致认为这孩子应该五六个月大。

"这种事可是头一遭啊。"

"那可不。"金田博子主席回答,"老发生就麻烦了。"

"那倒也是……谁发现的?"

"是我。"小 B 回答。

"又是你啊……"科长皱着眉,"怪事总是少不了你。"

"什么叫怪事?"小 B 抱起婴儿,鼓了鼓腮帮,"孩子可是无辜的。"

"我们该怎么办?"金田主席发问了。他问一次,远藤科长就沉吟一次。

"广播找人了吧?"

"播过了。"

远藤再次沉吟,一边看着小 B 怀里的孩子。小 A 在角落里静静看着,总觉得他眼神中透着股恨意。

"你们觉得我这个想法怎么样:说不定这个孩子不是大阪到东京那班飞机上的乘客的,而是前一班飞机的乘客落下的。"

"那不可能。"乘务长北岛香织说,"我们在接下一班乘客登机之前一定会彻底检查机舱的。那么大的失物怎么可能漏掉！"

"那你说怎么会多一个婴儿！"远藤努着嘴，一脸不快。

"就是不知道才犯难的嘛！"

这事太诡异，科长和香织都有点烦躁。而事件的主人公正天真无邪地和小B玩得不亦乐乎。

"这孩子跟你很玩得来啊。"远藤不耐烦地说，"不会是你一边飞一边生的吧？"

"别开这种无聊的玩笑好不好。就算是人家，也干不出这种事啊。"

"要是你这可说不准。"

"那个……"一直沉默的小A开口了。所有目光顿时都集中在她身上。在年轻人中出类拔萃的小A在这些前辈眼里也不可低估。

"是……弃婴吧？"

"弃婴？"远藤瞪圆了眼睛，但一瞬间又恢复了正常，"原来如此，这也有可能。不管怎么说，这么长时间了也没有家长来认领，确实是件怪事。看来应该是故意留在机舱里的。"

"就是说，"金田主席接过话头，"父母把小孩装在包里或者什么其他东西里带上飞机，然后在着陆之前抱出来，留在了飞机上。"

"大概是吧。"

"我觉得这不可能。"北岛香织斩钉截铁地说，"要是放在包里这么长时间，孩子肯定得哭。而且，把孩子装在包里这种惨无人道的事情不是人干得出来的吧。"她的意见很有道理。

远藤连声表示赞同："你说得也对。"

"遗弃小孩是很重要的线索，咱们得赶紧报警啊。"

"报警我赞成。但是把孩子放在那个冷冰冰的机场警察值班室，我就反对。要是感冒了就麻烦了。"

说这话的是小B。婴儿躺在她怀里正准备酣然入睡。

远藤噘着下嘴唇，一脸郁闷地看着她。"那你说放哪儿去？失物招领处可不接收。"

"那当然啦。您想什么呢。"

"跟走失的小孩还有点区别……"

"那怎么办……"

远藤不停地摇头，小B一挺胸脯，张大鼻孔。

小A和小B的公寓离机场大约三十分钟车程，是一栋新建的八层公寓，去东京市中心也很方便。两室一厅的房子，两个人一起住足够宽敞。

实际上婴儿的总数是二十六，但登机的时候的的确确是二十五个孩子。所以只能是有人把孩子藏起来登上了飞机。究竟用的是什么方法呢？

吃过饭，小A坐在餐桌边，一手拿着笔记本准备挑战这个谜题。从浴室里传来一阵婴儿的大哭声，其中还夹杂着小B哄小孩的声音。

之前还说绝对不要小孩来着，小A苦笑着。

那么……

小A把能藏起小孩的登机方法一一列在纸上。大概有这么几种：

一、把孩子装进箱包、纸袋登机；

二、躲避空姐的视线，混进人群登机；

三、给婴儿穿上衣服，打扮成幼儿登机。

但是她随即否定了这些假设。

北岛香织说得对，第一个方法一般都过不了心理这一关，而且一旦孩子大哭起来就完了。第二个方法最简单，但是无论怎么往人群中躲藏掩饰，被发现的可能性都非常高，因为空姐的观察力相当敏锐。第三个方法听上去很有趣，但是把婴儿伪装成幼儿很困难，想不被空姐记住也很困难。

难道还是第一个方法不成？用点药让孩子昏睡过去，再装进袋子什么的……何况，最近的年轻父母真干不出这种事？

不做父母还真不知道啊……小A很少见地有点迷茫了。这时，小B抱着婴儿从浴室里出来了。

"哎哟，这个臭小子净给我找麻烦。"

婴儿红通通的，小B也兴奋得满脸潮红。小A把准备好的毛巾递给她。

"是个小男孩？"小B正在给全身赤裸的婴儿擦身子，小A边看边问。小A觉得婴儿的体积的确很大，如果装进箱包或者袋子，一定是个不小的行李。拎那么大行李登机的乘客应该是没有的。"还是行不通啊。"她自言自语。

晚上，小A被什么声音惊醒了。

小A不怎么起夜，一有机会睡觉就会睡得很沉，这是空姐的必备本领。

时钟刚指过三点。拉门的缝隙中透进来一束光。她的房间和客厅只隔一道拉门。

小A从被窝里钻出来，把门拉开几厘米，窥视客厅。她看到了穿着吊带睡衣、披着对襟针织衫的小B的背影。

她正抱着婴儿，一边唱歌一边在客厅里踱步。小A侧耳细听她唱的歌，原来是《孤独先生》。

桌子上放着空奶瓶和纸尿裤的盒子。

小A轻轻拉上门，再次钻进被窝。

3

第二天，新日航客舱乘务员室一阵大骚动。

首先，机场警察派来了负责此案的警官，开始询问小B等人。警官姓金泽，是个四十岁出头、体格健壮的女人。她口齿清楚，提问也切中要害。

"很可能是个弃婴啊。"女警官点点头说，"尽管不知道这孩子是怎么被带上飞机的，但是我们也没必要在这个问题上纠缠。有没有乘客名单？"

"有。"远藤回答。

"如果是弃婴，那么双亲很可能用了假名。还是先把全体乘客都排查一遍吧。如果再没有线索，我想就得发动媒体了。不过孩子的父母现在可能正后悔呢，我们也不想把事情搞得太大。"

"明白明白。"远藤应承下来。

之后金泽表示警方可以接收婴儿，这让远藤很是惊喜了一番。可惜这个提议遭到小 B 的强烈反对，最后决定让她再照顾这孩子一天。今天小 B 休假。

小 B 捡了个小孩——这个传言马上随风吹遍了公司的每一个角落，手上没活儿的飞行员充分发挥了八卦的本色，都跑来围观。传言总会被添油加醋，前来围观的飞行员中，每三个就有一个认为那孩子是小 B 的私生子。

空姐们理所当然地比飞行员闹得更欢。趁着航班之间的空隙，大家你抱一下，我喂点零食什么的，络绎不绝。这孩子几乎成了活吉祥物。不知不觉间，孩子还有了名字，叫 B 助①。

时间就这么过去了。B 助的父母连影子都还没见着。

下午五点多，机场警察金泽打来了电话。

接电话的是远藤。金田主席叫来小 A 和小 B，说明事情的进展。据说警方已经联系了全体乘客。结果，无一人使用假名，也没找到那孩子的父母。

"所以现在警方想通过报纸和电视，向全社会发出通告。因为情况特殊，媒体似乎也很愿意合作。"

"啊？那是要上电视了吗？"小 B 两眼放光，高高举起 B 助，"你

---

① 助常见于日本男孩的名字。

太棒了，B助！"

　　这天晚上，B助那粉嫩的小哭脸就在全国播出了。抱着他的当然是小B。她被记者们包围着，以从未有过的认真回应着采访。

　　"嗯……腮红要是再重点就好了。"小B边看自己的出镜画面边评论。她把像样的新闻都录了下来，反复观看。后来她终于觉得有点不好意思了，回头对小A说："你也跟我一起上就好了。"

　　小A回答："没事，反正没我什么事。"

　　实际上，电视台的人曾经建议把抱孩子的人换成小A。空姐在飞机上捡到孩子这件事很有意思，最好能有个像样的空姐出镜——这是台里提出的意见。

　　"而且电视会把正常画面拉得更扁。"

　　就因为这句话，远藤被说服了。于是他叫来小A，但小A还是拒绝了。小A绝不会为了这种无聊的事跟小B闹到绝交。

　　"要是他父母能出来认领就好了。"

　　不知是不是玩得差不多了，小B关上了电视。

　　"父母会不会来不好说，邻居、亲戚看到电视能联系警方就好了。"

　　"不是父母我可不还孩子。"

　　小B半开玩笑地说，可她那眼神实在很认真。小A心里一惊。

　　第二天，小A和小B都休息，想好好睡上一觉，晚点起来。可是早晨八点左右，她们就被电话铃声从被窝里拽了出来。早上负责接电话的都是小A。因为小B刚睡醒的时候发不出正常的声音，万一太不礼貌把别人惹毛就不好了。

小A在半睡半醒间接起电话。当得知是机场警察打来的时候,她完全清醒了过来。

"好的……好的……我知道了。"她一放下电话,马上奔进小B的房间。"小B,据说自称是孩子母亲的人来了。"

4

跟孩子母亲的见面安排在新日航接待室。远藤科长、金田主席、小A和小B都等在那里。不久,机场警察金泽警部补[1]带着一个年轻女人出现了。

这女人偏瘦,脸色也不好。可是小A从她的穿着和随身物品看出她的生活水平一定不低。小A想,可能消瘦和憔悴都是这两三天的事。

女人抬起头,直直望向小B,准确地说是望向小B怀里的孩子。她急切地走过去,小B倏地站起来,伸出胳膊给她看孩子。

女人又走近几步,向孩子伸出双手。她表情凝重,双唇紧闭。小B伸出双手,慢慢地把小孩交给她。小B双手离开孩子的一瞬间,小A发现她闭了一下眼睛。

谁都没有出声。紧张的空气充满整个房间。

---

[1] 日本警察的警衔由高至低分为警视总监、警视监、警视长、警视正、警视、警部、警部补、巡查部长、巡查。

就在此时,婴儿发出了一阵咯咯声,他在笑。所有人都回过神,抬起头。

突然,抱着孩子的女人双膝一软瘫倒在地,从喉咙深处发出了一阵哭声。

女人名叫山下久子。丈夫在商贸公司工作,目前在德国出差。他们住在神户的一处公寓里。

"我觉得太莫名其妙了。"对于孩子被扔在飞机里一事,久子如此说道。

"您的孩子什么时候不见的?"小A问。

"两天前。天气很好,我就带着佑介开车去京都玩。就是去了趟厕所的工夫,孩子就不见了。"

婴儿的名字叫佑介。

"在哪儿不见的?"金泽警部补问。

"在元山公园。就是八坂神社旁边那个……下午两点钟左右吧。"

京都……小A在记忆里搜索着什么。婴儿旅行团也说过他们去了京都和奈良。那么,他们和久子同时在元山公园出现的可能性很高。

"是拐骗吗?"金田主席问金泽警部补。

警部补轻轻点点头答道:"有这个可能。如果是这样,可能嫌疑人在途中中止了计划吧。"之后她又问久子当时孩子穿什么衣服。

"褐色的小熊婴儿服。"久子答道,"是从头连到脚、头上还有熊耳朵的那种。"

小A觉得在哪儿见过。

"不管怎样，能找到母亲总是好事。其他的事情就交给警方吧。"远藤悬着的心放下了。

久子抱着佑介向众人深鞠一躬。"这次真是太感谢大家了。我以后会报答大家的。"

正当新日航的各位准备还礼的时候，小B突然低沉地说："报答就免了吧。"久子满脸疑惑。小B继续说道："下回要再这么靠不住，我一定给你一巴掌。"

久子愣愣地望着小B的脸，落下一滴眼泪，又缓缓地鞠了一躬。

"果不其然，那个婴儿团还是脱不了干系！"

和众人分别后，小A和小B一起走进机场的咖啡厅，仍在讨论这次事件。

"我觉得也是。他们都去京都了嘛！"小B边说边迅速往嘴里塞着巧克力甜点。她一遇到无聊、愤怒的事情就会开始大吃。

"问题在于那个带孩子登机的人为什么要拐走孩子呢？"

"肯定是因为太可爱了，想自己留下呗。"

小B似乎还没从激动的状态中平静下来。小A一阵苦笑。

"搞不好就犯了大罪了，肯定有什么重大的动机才对。那些婴儿团的团员怎么也不像会拐骗孩子的人啊。"

"我觉得是一时冲动吧。"

两人谁也说服不了谁。这就是重视逻辑的小A和凭感觉行事的小B

47

之间的分歧。

"下雨了。"小A看着窗外说。机场跑道渐渐暗下来。"咱们还是回家吧。"

"好啊,我都累了。"

两人站起身来。

付完钱刚要出店门,小A下意识地把手伸向收银台旁边的伞架。她发现了一把很眼熟的雨伞,但又想起自己并没带伞,急忙缩回了手。

"你怎么了?"小B问。

"没事,没什么。只是出现了错觉。"小A说着笑了,突然灵光一闪:说不定小孩是因为某种意外才被拐走的。"小B,再找家咖啡厅坐坐!"小A拉着小B的手,飞快地钻进旁边的咖啡厅。

"你干吗呀,慌慌张张的。"在桌边坐定后,小B一脸疑惑地问。

小A先喝了一口水,开始说话:"如果我们认为嫌疑人拐走了孩子,就很难想象动机。如果这个人并没有拐走孩子的意图,只是碰巧造成了这样一种结果呢?也有可能啊。"

"你别净说我听不懂的话。"小B双手按着太阳穴,"总而言之,结论是……"

"我刚才不是伸手去拿伞吗?那个伞架上有把伞跟我的一样。明明我没带伞却不记得了,一时产生了错觉。这次的案子会不会跟我刚才的情况很相似呢?会不会是在山下久子去厕所的时候,有人把孩子抱错了?"

"怎么可能!半路上总会发现的嘛。"小B的圆眼睁得更大了。

"平时也许会吧。可能当时有些条件正好都凑到一起了，比如衣服一样什么的。"

"但是总会发觉的吧？发觉了就放回去呗。"

"没机会抱回去呗。就那样抱错了，又离开了，想着后面的事情就交给警察，或者随便扔在哪儿了事。"

"这太过分了吧？"

"就是很过分呀。嫌疑人最后决定把孩子丢在飞机上了。"

"嗯……"小B迟疑着，脸颊红红的，"实在是不可原谅。"

"同感。我有个提议，咱们去一趟婴儿团那个旅行社，见见当时那个导游，问问离开京都的时候有没有带着两个孩子的夫妇。"

"当然没问题啦。都到这步了，一定要查清楚！"小B拍案而起。

机场里就有那家旅行社的分公司。小A和小B通过分公司，联系到那个导游，约好傍晚见面。女导游叫坂本则子，她对那场婴儿骚动还记忆犹新。

小A先对打扰她表示了歉意，然后跟她确认旅行团是否去过京都的元山公园。

"去过。"则子回答。

"大概几点？"

"大概下午两点多吧。"

跟山下久子所说的时间一致。小A和小B对视了一下。

"之后去了哪里呢？"

"去了大阪机场。旅行最后一站在四条附近。"

那么,如果抱错了孩子,就只能一直抱到机场了。

"在元山公园是自由活动?"

"是的。"则子点头。

"比如说啊,"小A舔了舔嘴唇,她提问的时候显得有些紧张,"如果有团员错把别人的孩子抱上了大巴,会马上被发现吗?"小A自己都觉得这个问题很怪。

坂本则子的表情凝固了,她盯着小A看了一会儿,开口道:"你说什么?"

"就是说如果有别人的孩子混进了大巴,很快就会被发现吗?"

小A换了个说法。则子似乎终于明白了。

"要是有夫妻俩故意把别人的孩子混进团里,那很可能发现不了。可是怎么可能有人抱错别人的孩子呢?"

"会不会有这种情况:爸爸带着孩子,妈妈单独行动。然后妈妈去了趟厕所,出来后把别人的孩子错认成自己的带上了大巴。"

跟则子见面之前,小A就整理好了这条推理的思路。

"也不是没有可能。可是她遇见她老公的时候就会发现了,不是吗?那不就有两个孩子了嘛。"

"夫妻俩的座位很近吗?"

如果离得很远,就很可能同时抱着孩子而久久不会察觉。

但是则子答得很果断:"很近,夫妻都坐在一起的。"

"这样啊……"

也是啊，没必要让夫妻分开坐。小A被说服了。她正准备说出另外一个假设的时候，则子开口了："可是……"

"可是什么？"小A专注地望着她的嘴唇。

"可是有一种可能。观光大巴靠后的座位很空。有的客人拿那些座位当婴儿床。去元山公园的时候，有些夫妻就把小孩留在车里了。如果是这样，哪对夫妻抱错了孩子还很久没有发觉也的确有可能。"

"就是这样的，肯定是！"小B说。

"但是，"则子冷静地看着小B，"虽然道理说得通，但我还是觉得不可思议。再怎么说，抱错了孩子，很快就能发现的。"

小B点点头，抱起了双臂。

"犯这种错误的人也太蠢了。"

"蠢也好不蠢也罢，总之这种可能性是存在的，对吧？"小A又确认了一次。

则子眉头微蹙："可能性的确存在。"

"我请你带的照片带来了吗？"

"带来了。"则子从包里拿出来一张照片。那是婴儿团的全体合影，所有人都在上面。

小A看了一会儿，把照片交给了小B。

小B瞥了一眼，"啊"的一声叫出来。"褐色小熊婴儿服！"

小A凑了过来。前排右数第二个，正是一个穿着那件婴儿服的孩子。抱着孩子的是个二十岁出头的短发女人，旁边站着她丈夫，一个银行职员模样的男人。

"这对夫妇的情况你还记得吗?"小 A 指着他俩问则子。

则子想了想回答:"我记得。"

"有什么印象比较深的事情吗?"

"嗯……印象啊……"则子微微思考了一下,望向小 A,"你这么一说我想起来了,在元山公园的时候有这么一件事。刚下大巴的时候,大伙儿都往厕所跑。厕所前面的长椅上躺着个孩子。我抱起孩子望了望四周,然后照片上这个妈妈就从厕所跑出来对我说'真不好意思'。我提议'孩子好像睡得很熟,还是抱到车上去吧',她回答'那就麻烦您了',于是我就把孩子抱上大巴了。"

"就是他!"小 B 喊出来,"他就是 B 助!"

小 A 重重地点了点头。

则子的眉毛不安地耷拉下来。"那个……我是不是干了什么坏事了……"

小 B 摇了摇手。"没关系没关系。不是你的错。"

"这对夫妻你还记得一些别的特征吗?从京都到大阪的路上我觉得一定有点什么。"小 A 继续问。

则子歪着头,不一会儿,想起了什么似的望着天空。"我想起来了。那个老公从机场直接去大阪市内了。"

"去大阪了?"

"对。所以最后坐上飞机的应该只有他老婆和孩子。"

"只有老婆和孩子……"

这回轮到小 A 望天了。

"去大阪肯定是撒谎！"小 A 边看飞行时间表边说，"很可能他抱着自己的孩子先回东京了。全日空就有下午六点从大阪起飞的航班。可能就是这个。"

"那他老婆带着 B 助上了我们的飞机喽？"小 B 喝着兑了开水的烧酒说道。

"不只带了 B 助，还有一个准备好的差不多大小的娃娃，可能是充气的那种，这类玩具在机场的商店就买得到。"

"降落前把 B 助的衣服给娃娃穿上。等乘客下飞机的时候就把 B 助放在其他座位上，自己抱着娃娃出机舱。"

"然后到行李台那里和已经到达的老公会合，把娃娃换成自己的孩子。"

"我们慌慌张张赶到那儿的时候，他们应该已经调包完了，所以婴儿还是正好二十五个。"

"完美无缺啊。"

"不得不佩服。"

"咱们怎么办？"

"那还用说！"小 B 将烧酒一饮而尽，"绝对不可饶恕！"

5

一到周三，及川早苗就会去家门口的网球教室。结婚两年了，她渐渐感到缺乏运动实在不行，于是一个月前报了网球课。

她是开车去网球教室的。那里有托管婴儿的设施，她很满意。

——那件事似乎没人注意到嘛，暂时可以放心了。

等红绿灯的时候，早苗看着副驾驶座位上的儿子小勉，情不自禁地笑了起来。老实说，这个星期她心里可真是七上八下的。

前几天那个婴儿找到妈妈了。看到这条新闻，她如释重负，可转念一想，如此一来他们的所作所为会不会被揭发呢？一旦东窗事发，肯定会影响老公升迁。

目前看来，这个担心似乎是多余的。社会总会将这些鸡毛蒜皮的事情慢慢遗忘。

自己还真是干了件大傻事。事到如今，早苗反省着。

刚到元山公园的时候，夫妻俩打算把小勉留在车里，自己下车参观。可是小勉开始哭闹，老公和雄就把小勉抱下了车。

之后早苗先去了趟厕所。

早苗去厕所的时候，应该是和雄抱着小勉的。可是她出来的时候，看到导游坂本则子正抱着一个跟小勉穿着同样衣服的婴儿。

她把这个情景解释成老公去厕所的时候把孩子托付给了导游。导游建议先把孩子抱上车。她接受了这个提议。随后她也没管老公，一个人游览了八坂神社。

跟和雄见面是很久之后的事了，那时他正抱着小勉。

早苗觉得他应该是有事回了一趟大巴，顺便把孩子抱了下来，便什么都没问，他也什么都没说。

发现抱错了是刚刚开车的时候。早苗想哄困倦的小勉入睡，居然发现有个婴儿正在座椅上睡得香甜。那孩子的衣服和小勉的一样。早苗终于意识到刚才自己搞错了，于是跟和雄商量。

"只有报警了，"和雄说，"然后诚恳地向人家道歉。"

可是草苗不愿意。不管出于什么原因，把别人的孩子和自己的孩子抱错都一定会成为笑柄。

他们找遍了机场也没找到一个适合遗弃孩子的地方。于是他们想出了把孩子留在飞机上的主意。这个想法十分大胆。

和雄带着小勉先回了东京。早苗负责在飞机里将婴儿和娃娃调包，然后若无其事地下飞机，再到行李台跟和雄会合，抱回小勉并把娃娃交给和雄——整个计划顺顺水。后面追上来的空姐也完全没怀疑到自己头上。

总之今后要注意点——早苗再次提醒自己。

一到停车场，早苗把运动包往肩上一挎，抱起小勉走下车。从停车场到楼里要走一段距离，她觉得这是网球教室的一个缺点。

下车只走了几步，前方过来一个年轻女子。她戴着圆圆的眼镜，有点胖。

"我是托儿所的工作人员，孩子我来抱吧。"那女子开口道。

早苗虽没见过此人，但有人帮忙抱小勉她觉得很开心。莫非是什么新服务？

"真是个可爱的孩子。"

女子说着抱起了小勉，然后向与网球教室相反的方向走去。早苗盯着女子看了一会儿，见女子走进旁边的一栋楼，突然感到一阵不安。

"喂！你要把我的孩子抱到哪儿去！"

早苗慌慌张张地追着女子进了大楼。见女子上了楼，早苗赶紧跟过去。

这栋楼一共六层。女子抱着小勉不停地往上走，走得太快了。早苗气喘吁吁地跟在后面，心里纳闷：这到底怎么回事啊，太怪了！

终于爬到了顶层。早苗虽然晚了点，但也跟了出来。女子正抱着孩子站在顶层最边上。

"你……究竟是谁？"

女子并没回答她。突然，女子背朝早苗，把手中的婴儿一下子扔出了围栏外。

"啊！"早苗发出野兽般的尖叫，死死抱住围栏。那个被扔出去的东西正好落在了停车场上，摔得粉碎。丘比娃娃的头也掉了下来。

"啊……原来是个娃娃……"早苗喃喃自语。

旁边的女子突然扳过早苗的双肩，让早苗面朝自己。

紧接着，女子的手飞向她的脸颊。

屋顶上回荡起一声闷响。

就在这时，早苗身后响起婴儿的声音。她转过身，看见一个高个子女人抱着小勉站在那里。

早苗跌跌撞撞地狂奔过去，从女人手里夺过小勉。然后她当场瘫倒，放声号哭。

小B摘下眼镜,走向站在早苗身边的小A。"走吧。"

小A点点头,转身离开。下楼的时候,她说:"这种事我可不干第二回了。"

"我知道啦!"小B带着哭腔回答道。

相亲席上的灰姑娘

1

二月二十七日，星期五。预计十七点十五分由鹿儿岛起飞，十九点二十五分在东京降落的A300客机内。

离起飞时间越来越近。人称小B的藤真美子和其他空姐一起，开始进行起飞前的最后一次检查。乘客一共一百四十五人，大约是此航班定员的一半。

确认一切安全之后，空姐们回到各自座位上。她们当然也要系安全带。空姐的座位叫作乘务员座椅，就在紧急出口附近。

乘客座椅朝飞机飞行方向，而乘务员座椅正好相反，所以乘务员座椅后一排的乘客要跟乘务员面对面而坐。因此，A300客机的第九排A、B、G、H和第二十九排A、B、G、H这几个座位被称为"相亲席"。

传说有些空姐就是在相亲席遇到自己的白马王子，直接步入了婚姻殿堂。

小B可不信传说。小B都坐过无数次相亲席了，一次都没遇见什么白马王子。大部分都是大腹便便的中年男人，要不就是话多的大婶。中年男人们只会用色眯眯的眼神偷瞄她，而大婶们的话匣子一旦打开，绝对不会轻易放过她。

这天，小B也没期待什么奇遇，和往常一样坐到乘务员座椅上，随后环视客舱。这个座位就是观察客舱的位置，坐在这里就是为了注意乘客状态和应对紧急事态。

飞机准时离开了停机位。随之而来的是急剧上升的加速感，每个人都能感觉到来自安全带的压力在增大。不一会儿，飞机一下子飘在了空中，舷窗外的景色逐渐倾斜。

过了二十三分钟，禁烟标志熄灭。小B发觉自己对面的乘客正要拿出烟来抽，于是她第一次看向今天的这位"相亲"对象。

扑腾，她的心猛跳了一下。

那个男人也在看她。那眼神并不是偷瞄，而是光明正大地凝视，好像为她而着迷了一样。

小B的目光不自觉地躲闪着。可这并不意味着厌恶。

是个好男人，今天终于轮到我中奖了，她暗自思忖。

这情况十分罕见，那人竟很是中意小B这个类型。

他看起来在三十岁上下，穿着笔挺的墨绿色西装。五官轮廓深邃，肤色微黑，目测身高将近一米八。小B判断，那领带也绝不是便宜货色。

"那个……"那人开口了。

小B连忙扭过头来。

"我抽根烟可以吗？"

他说着取出了一根香烟,似乎是怕有人反感烟味。

"可以啊,您请便。"

小B报以微笑。她边笑还边想:声音超有磁性哦,合格!

"空姐这职业很辛苦吧。"那人一边小心地吐着烟圈一边说,"得应对五花八门的乘客,还得随时保持笑容。想必是很辛苦的体力劳动。"

"是啊。但是也有不少乐趣呢。"小B庄重地回答。

"听说你们训练也很严格,我以前在一个电视节目里看到过。"

"没那么严重,都是些普通人稍微努力一下就做得到的事。"

要是小B以前的教官听到这句话,一定得瞪圆了眼。实际上她是同期学员里最笨的一个,费了九牛二虎之力才毕业。

"而且美女如云啊。要是能娶个空姐回家,夫复何求啊。"

"哎哟,您这话说的。"

小B从未受到如此赞美,眯着眼笑了起来。一般这种台词都是说给她的好友小A,即早濑英子这种角色听的。小A聪敏有才,与肥嘟嘟的小B不同,是个骨感美人。

直到安全带指示灯熄灭,那人一直在跟小B搭讪。小B也眉开眼笑地有问有答。她聊得太忘我,以致乘务长北岛香织批评了她几句。

飞机着陆前,空姐们再度回到乘务员座椅上。四目相对时,那人冲小B笑了笑,小B红着脸回以微笑。

"有机会再见面就好了。"男人说。

"是呀。"小B芳心狂跳,抬头答道。她发觉他的眼神比她想的还要认真。

"我说真的。"男人目不转睛地看着小 B。

飞机已经降落在跑道上,男人仍直视着小 B。

回到公寓,小 B 边脱外套边叽叽喳喳地讲今天在相亲席上的所见所闻。倾听者当然是小 A。

"这不是很好嘛!"小 A 边说边把自己做的饼干送到嘴里,"太少见了,那个座位上能坐一个年龄合适的男人。"

"可不只年龄合适哦,还超帅超温柔!"

"这就更少见了。"

"还有个子好高。"

"声音也很好听吧?"

"西装也很合身!"

"不错不错。那什么时候见面?"

被小 A 这么一问,小 B 突然蒙了。"什么时候是什么意思?"

"约会的日期啊。他不是说还要再见面吗?"

"啊……"小 B 无奈地说,"他只说能再见面就好了,都没跟人家约什么时间。"

"这样啊。这可不像你。一般这种时候,我们小 B 都会自我推销一番的。"

"说得也是哦。"小 B 说着歪了歪头,"我也觉得奇怪。装作毫不在意地问对方地址这种事,我应该很在行才对。今天却没想起来。这是为什么呢?"

"遇上一个绝世好男人,你是不是太紧张了?"小A说着嘻嘻哈哈地笑了起来。

2

此后,小B又飞了好几次鹿儿岛到东京的同一航班,那个男人再也没出现过。他要是出于工作原因搭乘了这次航班,那很有可能再次出现才对。但他好像并不是频繁来往于这两地之间。

上次至少应该问问他是干什么的。

小B后悔不迭。可是就算知道了他的职业,也不能怎么样。

"机会,就是会从身边溜掉的东西。"每当执行完鹿儿岛飞行任务回到住处,小B总是这样对小A抱怨。好在她本就是三分钟热度。刚过两个星期,她就把这事忘得一干二净,一天到晚念叨着:"啊,有钱帅哥都在哪儿啊!"小A很是无可奈何。

但是喜新厌旧的小B居然接到了那个男人的电话。在他们相遇已过了二十天后,电话直接打到了小B的公寓。

接电话的是小A,她喊小B来接电话,小B闻言扯了一条浴巾便从浴室里奔了出来。

男人对自己的唐突表示抱歉,问小B是否还记得他。

"当然当然。"小B用娇媚的语气脱口而出。旁边喝着红茶的小A差点呛着。

男人说他姓中山。

"我很想再见你一面，可以吗？"他开门见山地问。跟在相亲席那会儿一模一样。

"好，好的……没问题。"小B紧握着话筒，心中大喊万岁。

约会的事定下来后，小B放下话筒，做了一个胜利的手势。

"我做到啦！约会哦，约会！"

"太厉害了吧！我都嫉妒了。"

"他说开车来接我。你说我穿什么好啊？"

"他是做什么工作的？"

小A如此一问，小B飘飘然的情绪被拉了回来，表情一下子凝固了。

"糟了，我忘了问。既然开车来接人，大概不会很穷吧？衣服也很高级的样子嘛。应该是白领精英之类的。"小B自说自话。

很快就到了约会那天。

约好的时间，约好的地点，出现了一辆顶级的奔驰，居然还配了司机。小B光看这阵势就傻了。

"突然约你出来实在不好意思。"中山边请小B上车边说。他身上散发着一股淡淡的男士古龙水香气。香水的品位也不错，小B暗想。

"我们去吃饭吧。法国菜怎么样？"

得到小B的首肯，男人告诉司机目的地。

"明白了。"司机清楚地答道。

"那个……中山先生，您是做什么工作的呢？"车行不远，小B问道。

"我本人是代理外国品牌的，收入没多少。"中山笑了笑说。

"您本人……"

"我是说我自己的工作。我父母留给我一大笔遗产，我用这些钱搞点投资理财。这方面收入多一些。"

"哦，这样啊。"小B一边点头一边在心里大呼"找对人了"。父母的遗产，意味着父母已经过世了，结了婚也不用担心受公公婆婆的欺负。而且是个有钱人啊，太理想了！小B窃喜。

等红绿灯的时候，中山喊了一声"田村"。这应该是司机的姓氏。

"有什么吩咐？"司机问。

"这正是我跟你说过的那个女人，对吧？"

"正是。"

司机从后视镜望了望小B。小B感觉到司机的目光，不觉后脊梁一紧。她也不明白为什么。

"有这样的女士存在是不是很令你惊讶？"

"十分惊讶。"

"你觉不觉得这正是可遇不可求啊？这么理想的人再也找不出第二个来了。"

"一点不假。"司机重重地连连点头。

小B半开心半疑惑地听着两人的对话。能听出他们在夸自己，可她总觉得他俩的措辞很别扭。谁会说这些话给初次约会的姑娘听？就算是奉承也有点过了。

中山和司机的对话就此打住了。红灯已变绿。

小B被带到一片住宅区，有家法国料理店突兀地立在那里。她觉得在哪本杂志上见过这家店。杂志上说想来这里吃饭最迟也得提前一周预约。

"我常来这里吃饭。在这里密谈最合适不过了。"中山说着眨了眨眼。

点完菜,一个看似店长的男人过来打招呼。他头发稀少,身材消瘦,向小B投来诚恳的目光。

"不是我自夸。"店长离开后,中山说。小B依然紧绷着身体,望着他。"我的资产得有二十亿吧。"

小B没出声,点点头。她完全发不出声音。

"父母已经不在了。母亲在我上初中的时候遇到事故,父亲去年因病去世了。"

小B依然默不作声。这次是想不出该回答什么。

"但是我有很多亲戚、叔叔、阿姨、表兄弟,人很齐。"

"那您家里很热闹吧。"小B终于出声了。可她转眼就后悔自己的发言如此没有营养。

中山愉快地笑了。"光是热闹就好了。一扯上钱就很烦了,尤其是一大笔钱的时候。"

"您遇到了什么麻烦吗?"

"唉,一言难尽啊。"

服务生拿来了红酒,熟练地帮他们斟上。

"先干一杯吧。"中山举起了杯子。

小B手有些颤抖,回应着举了举杯。

小 B 他们用餐的时候，司机田村似乎一直在车里等。两人出了餐厅后，车马上开到了面前，田村为小 B 开了车门。

田村个头不高，在男人中稍显矮小，有点发福，脸胖胖的，皮肤很白。他戴着普通的金丝边眼镜，看起来也就二十岁出头。小 B 觉得他看起来不太像司机。

"就去那家酒吧好了。"中山对田村说。

田村微微点头，发动了汽车。

"那家店很安静。"中山跟小 B 说，"是会员制的，普通客人进不去。咱们可以慢慢聊。"

"哦……"小 B 含糊地答道，偷瞄中山的侧脸。对中山那句"咱们可以慢慢聊"，她有点在意。他吃饭的时候也说了句奇怪的话，即"在这里密谈最合适不过了"。

当然，吃饭时的闲聊让她十分开心。中山的话题十分丰富，知识渊博，对于飞机似乎比小 B 还了解。

但是小 B 觉得没法对中山敞开心扉，有时候跟他说话好像隔着一层玻璃。这么一琢磨，小 B 觉得他对自己的柔声细语听起来都有点虚幻。

酒吧的位置很难找。大门好像仓库的紧急出口，连个招牌都没有。小 B 觉得，这样的酒吧普通人的确进不来。

店里有四十多个座位，有人在演奏爵士乐。来到这里，同样有一个类似店长的男人过来跟中山寒暄。

"他们都认识我了。"在角落里的一张桌子旁落座后，中山开口道。

小 B 沉默着点点头。

"我有个请求。"

"请求？"

"……可能是我用词不当。应该说想请你帮个忙。总之只有你能办到。"

"是什么……"小B仰视着他，双手不自觉地拉紧了裙角。

"其实，我想让你跟我结婚。"

小B惊讶得说不出话。

"我知道你很震惊。但是我希望你明白，全世界的女人里，没有人比你更适合跟我结婚了。"

"什么？你被求婚了？"正在泡茶的小A差点把茶壶摔到地上。

"是啊。他说要跟我结婚。"小B哼着歌换衣服。

"可你们今天第一次约会，不是吗？会不会太快啦？"

"见面次数有什么关系，关键是感觉！"

"感觉……"

"他说了，世上再没有比我更理想的女人了。哪个女孩子听了这话会不开心啊？"

"啊，这样啊。"小A面无表情地把一杯茶放到小B眼前，"然后我们的小B是怎么回答的？"

小B一脸平静地回答："当然说OK啦。那还用问。"

"你要结婚了？"小A问，声音高了一个八度。

"人家可有好几十亿的财产啊！这种好事一辈子也就这么一次了吧。"

"等会儿等会儿,你忘了咱们约好的事情吗?培训那会儿咱们不是发誓说不做空姐也要一起不做的吗?"

"啊,你说那事啊?"小B从鼻子里挤出笑声。

"那事那事的,你别说得这么轻松啊。发过的誓都是骗人的啊?"

"当然不是骗你啦,可是我也没想到能遇见今天这种事嘛。如果能嫁入豪门,我随时可以不做空姐。"

"天哪……你就这么轻易决定了?这可是一辈子的大事。"

"别说得那么夸张。等我成了亿万富婆就请你吃饭。"

"结婚不等于金钱啊。"

"你真是个老顽固。你要是一直这么冥顽不灵迟早成老姑娘!"

"现在讨论的不是我的问题……"

"哎,咱们别说这个了。我有件事想拜托你。"小B让小A帮她续了杯茶,然后用意味深长的目光看着小A。这是她托人办事的套路。

小A一脸无可奈何地看着小B的圆脸。"你挺厉害的啊。都这样了还敢托我办事。"

"这就是我的长处嘛!说拜托你吧,其实也没什么,就是想让你去见见他家亲戚。"

"他?那个亿万富翁?"

"没错。跟我一起去见他家亲戚,多说说我的好话。"

"你说我啊?"小A张大了嘴,"你自己还不够会推销的啊?这不是你小B的专长吗?"

"可自卖自夸没什么说服力,对吧?"小B脸上波澜不惊,"总之呢,他说他们中山家的人都很贪婪。他父亲去世的时候,那些人都只盯着他父亲的遗产。而且现在他叔叔阿姨都算计着把自己的女儿嫁给他呢!"

"你瞧瞧,你瞧瞧。"小 A 说,"所以说有钱人都有那种很丑陋的、争来争去的嘴脸。小 B 啊,你不适合。"

"这算什么。然后呢,他说要结婚,亲戚就结成统一阵线来反对他。其实不理他们,自己结自己的婚也没什么,但是考虑到以后的交往,他还是想把事情解决圆满。"

"嗯……"

"这样一来就必须给那些贪心的家伙介绍未婚妻。首先就要展示本人,让他们无话可说。"

"展示你,让人家无话可说?"

"嗯。你那表情什么意思?干吗一副不可思议的样子啊。"

看到小 B 噘嘴了,小 A 决定收敛点:"我是说那帮贪心的家伙,就是把仙女摆在他们眼前,他们也照样反对,不是吗?"她连忙打圆场。

"那不要紧。"小 B 自信满满地重重点了点头,"我已经掌握了敌人进攻的方向,无非什么家世啦,学历啦,修养啦,还有美丽大方啦。这几方面没问题,他们肯定无话可说。"

"嗯……"

"你又觉得不可思议,是吧?"

"可是你……"小 A 嗫嚅着。

"我知道啦。人家只是一个平民百姓,最高学历也只是三流短期大学,修养也只有看少女漫画和打弹珠什么的。但是没关系,加上点演技,然后再电光石火般举行婚礼,反正又不住一块儿,不会穿帮的。"

小 A 实在没办法了,长叹一声。"你说的演技就靠我了?"

"就是这么回事。拜托拜托。"小 B 双手合十做拜佛状,"就是跟我一起去见他家亲戚,然后给我美言几句。简单吧?"

"推销你啊……"小 A 双臂环抱,想了好一阵子,然后抬头看了看小 B,"我说,你真的不是只为了钱,而是真心爱中山先生吗?真是为了爱而结婚的吗?"

"那还用说。"小 B 一边回答一边张大了鼻孔,"就这一次见面我就确定了。爱情永不灭!我不会让任何人出来干扰的!"

"AB 组合就此解散啦。"

"你别说得那么严重嘛。没关系的,我成了大富婆也会偶尔找时间跟你出来玩的。AB 组合也永不灭!"说着,小 B 豪爽地笑了起来。

3

过了一周,终于到了向中山全家介绍小 B 的日子。在小 A 和小 B 紧张的等待中,中山那辆奔驰停在了公寓门口。

"实在是麻烦你了。"经小 B 一番介绍,中山给小 A 鞠了一躬,"我家是个传统的大家族,还有家训什么的,烦得很。"

"没关系,我倒不介意……"小 A 看了小 B 一眼说,"只不过突然听说这件事有点惊讶而已。"

"她惊讶是因为你刚见一面就向我求婚了。"旁边的小B笑道。

"这样啊,可能是挺令人惊讶的。"中山也像小B一样边说边笑,"对了,不愧是真美子的朋友,您太美了。您只要往那儿一站,就能让那些七嘴八舌的家伙闭嘴。"

"那咱们今天去哪里?"小A有点不好意思地问。

"去我家。"中山回答,"我家那帮人都来了,不过您不必在意。他们看上去煞有介事的,实际上都是草包而已。吃个饭,聊聊天就行了。也许他们会问您很多问题,随便应付一两句就可以了。"

"这个没问题啦。"小B拍着胸脯说,"我早就跟她交代好了。今天你就看我给你扮淑女吧!"

"这我就放心了。"中山再次露出一排小白牙。

奔驰旁边,中山的司机像忠犬一样守在那里等待中山发号施令。中山一走过来,司机马上打开车门。

"打扰了。"

坐进车里,小A与司机的目光相遇。他戴着金属框眼镜,这眼镜似乎愈发强调着他的忠诚,但小A更加觉得好像有什么事情没想通一样。

"你怎么了嘛,脸色那么难看。"跟着上车的小B看着她说。

"那个司机,我以前见过他。"小A对小B耳语,"肯定见过。可是想不起来了。"

小B点点头:"你也觉得吧?我也是!到底在哪儿见过呢?"她说着歪了歪脑袋。

中山马上也上了车，她俩的悄悄话只能告一段落。

中山的府邸位于一个幽静的高级住宅区。那宅子像古装片里武士家的深宅大院一样，高墙环绕，青松茂盛。从屋顶上的瓦片能看出这里历史久远。

下了车走到玄关前，一个五十岁上下的胖女人出现了。她身着和服，温暖地微笑着。

"这是女佣玛莎。在这个家里服务很多年了。"中山说。

玛莎深鞠一躬迎接他们。

小A和小B被带往一个面朝庭院的房间。经过走廊的时候，她们似乎听到了早已等候多时的亲戚们的谈话声，但是当玛莎进去通报她们到来之后，房间里一下子安静了。

小B和小A先后跟着中山步入房间。所有人的视线齐刷刷地投向她们俩。那目光很强烈，好像带着风声。

二十叠①大的房间里，坐垫整齐地排列着，二十几个男女坐在那里。他们都穿着黑色的衣服，这或许是他们开家庭会议的规矩。

在中山致辞的时候，他们的眼神一直没离开这两个女人。小A身为局外人，毫不紧张，挺胸抬头仔细环顾，并没看到威严庄重的表情。她反倒觉得这些人就跟邻家大叔大婶差不多。她原本以为要对付多少老狐狸呢，现在反倒有点失望。那些人中，也有些呆呆的大叔一脸迷惑地比

---

①日本计量房屋面积的单位，1叠约为1.62平方米。

75

较着小A和小B，可能是搞不清楚到底哪个才是中山的未婚妻吧。

有点出乎意料，小A这样想着，瞅了瞅旁边的小B。这时小B也抬起头，大大方方地坐直了身子，似乎很从容，还笑得出来。

"那我给大家介绍一下。"中山提高了嗓音，说着看向小B，"这位就是即将跟我结婚的藤真美子小姐。"

经中山这么一介绍，小B一挺胸，然后恭恭敬敬地鞠了个躬。

不久，饭菜端上来了。那些亲戚边动筷子，边开始自我介绍。基本上要么就是小公司的老板，要么就是农业协会的工作人员。

"那个……真美子小姐，您是什么学校毕业的？"一番介绍之后，一个口音怪异的大叔凑到小B身边来敬酒。

"那个……我……其实是学习院那边……"小B不假思索地瞎编。反正也是撒谎，不如撒个夸张的。

口音怪异的大叔眼珠都快瞪出来了。"哇，您跟皇室是同学啊！"

小B笑笑。大叔说了句"可惜了可惜了"，就回了座位。

又有好几个大叔大婶跑来问小B问题，父亲的职业啦，老家在哪儿啦。她回答说父亲是宫内厅的官员，自己出生在芦屋，在田园调布长大。那些大叔大婶吓得忙不迭地"啊呀""哎哟"。

"小B，有点过了吧？"小A悄声提醒。

可是小B一脸平静地说："没事。第一拳就彻底把敌人打倒才是胜负的关键！"

此时，中山正饶有兴味地看着她俩。

不时也有些人来给小A敬酒。他们大多问小B在公司的表现怎么样。每当被问起,小A就用事先商量好的话来回答他们:"她毫无疑问是我们这些人当中最出类拔萃的。做培训生那会儿,教官就一个劲地夸我们真美子呢。像我这种只有挨训的份儿。"

她不得不这么说。

推杯换盏间,醉意开始蔓延,家族会议彻底变成了宴会。小A想稍稍喘口气,于是走出房间,步入庭院。

庭院四周密密丛丛地种满了松树,让人忍不住好奇主人是如何搞到这么多树的。仔细看,这些树又似乎是天然的。院中有个小池塘,四周的石头也丝毫不见人工雕琢的痕迹。石头上密密麻麻地长满了苔藓,透着一种古朴的风情。

"您是……早濑小姐吧?"

突然,小A听到身后有人喊她。回头一看,一个女人正笑着望着她。看上去比小A和小B年长一点,长发披肩,容貌姣好。她刚刚就坐在那群亲戚当中,不知何时离的席。小A回忆她的自我介绍,想起她是中山的表妹。

"他的确找了个好姑娘。"她轻轻望了一眼屋内的宴会说道,"如果是那样的姑娘,亲戚们应该会认可的吧……"

从她的话里,小A听出了些弦外之音,她没作声。

"我呢……"那女人继续说,"我很喜欢他,很长时间了。我觉得他是知道的,不过还是无缘在一起啊。我一直觉得问题都在他那边,现在看来是我错了。"

小A还是没作声。

"他这个人啊，特别地认真，成天一副对女人没兴趣的表情，不是努力学习就是拼命健身。可能因为他父亲太严格了吧。我曾经梦想能让他回心转意，看来我是彻底输了，输给你的朋友了。"

"你要是跟他告白，不就好了吗？"小A想了想说道。

女人保持着笑容，无力地摇了摇头。

"不是这个问题,你可能不了解。话说回来，我还真服了真美子小姐。他到底是在哪里喜欢上她的？"

"在飞机上。"小A回答，然后把相亲席上的经过解释了一番。

女人似乎颇有兴趣。"那……这算不算一见钟情啊？"

"我觉得是。"

"哦……"女人诧异道，"他能对女人一见钟情，真是令人意外。"

"可能是灵光一现呢。"

听小A这么一说，女人说了句"也是,有可能吧"，便慢慢踱回了宴会场。

宴会即将结束，中山最后又讲了一番话。他搂着真美子的肩膀，对大家说："看来大家对我的未婚妻都很满意，我很高兴。可能有点急，但我们已经决定两周后办婚礼。在某处找个教堂，举办一场只有我们两个人的婚礼。婚礼结束后,我们会去美国待一段时间，可能要过几年再回来。那么各位，就此道别了。"

4

"到底怎么回事啊？"一回公寓，小A揪住小B一直问，"什么去美国啊，我怎么没听说过？"

"就是这么回事呗。"小B还是那么平静，"我没提过而已嘛。"

"你为什么不跟我说一声？我要是早知道……"

"你就不帮我啦？"小B抬头窥探一样地望着小A。

小A扭过脸，低声说："我不是这个意思……"

看着她有些惊慌的样子，小B忍不住笑了出来，摆了摆手说："开玩笑啦，玩笑而已嘛！都是玩笑话！"她边说边笑。

"玩笑？"小A皱着眉问。

"对啊，玩笑而已。我知道骗人不对，但是事出有因啊。跟中山结婚啦，去美国啦什么的，都是开玩笑啦！"然后小B把自己往沙发里一摔，四仰八叉地躺着，"啊，真好玩！"她大声说。

"你说这都是玩笑？"这回轮到小A提高嗓门了，"那今天和那帮人见面算怎么回事？也是开玩笑？"

"那倒是真的。那帮亲戚都是真的。开玩笑的只有我和中山。"

"你开什么玩笑啊！"小A的声音更高了。面对气势汹汹的小A，小B赶紧闭上一只眼睛。"你们有什么必要开这种玩笑？你别告诉我就是个恶作剧啊，我饶不了你！"

"哎呀，你别那么生气嘛。听我慢慢跟你解释。"小B慢慢说着，拉了把椅子给小A坐。小A撇着嘴抱着胳膊坐了下来。

"之前不是也说了嘛，中山有好多财产，所以那些亲戚就想把自己的女儿嫁给他。但是他还不想结婚。"

"那他直说不就行了吗？"

"他说了，但那些人还是不放弃啊。为了让他们死心，他就想假装结婚。"

"就是说，假装跟你结婚，然后一起去美国？"

"没错。这么一来那些亲戚不就死心了嘛。"

"我真是无话可说了……"小A揉着太阳穴，显得很头疼，"那为什么连我都骗啊？没有这个必要吧？"

小B吐了吐舌头，嘿嘿一笑："骗人先骗己嘛！再说了，平时总是你惹人喜欢，这回我也尝尝这种滋味嘛。"

"傻不傻啊你。"小A已经没力气跟她生气了，垂着头，重重地叹了口气道，"那中山为什么选你啊？他要是想达到目的，就选个差不多的女人带过去嘛。"

"你什么意思啊。"小B鼓着腮帮说，"对他来说，我可是无限接近他理想中的女人的哦。就算做戏给人看，也要选个我这样的，这才是人之常情嘛。"

"人之常情……"小A无奈地看看小B，轻轻说道，"就算是人之常情，我也觉得有点问题。今天的那些亲戚，我看怎么都不像强人所难的恶人。"

5

那场闹剧过了十天后,小A和小B收到一张寄到她们公寓的明信片。明信片上面写道:"前几天让二位费心了。全靠你们,我的亲戚们已经安心地回老家了。今天我想通知二位,正如那天我所讲的,婚礼将如期举行,详情请参照明信片左侧内容。如蒙大驾光临,我将不胜感激。"

明信片左边画着教堂的地图。

"怎么回事啊这是?"小A给小B看了明信片,一头雾水。

小B也说了句:"真是怪事啊。"

"中山不会真的想跟你结婚吧?"

"怎么可能啊!"

小A看了看地图。教堂并不远。"总之我们去看看就知道了。"

小B表示赞同。

两人来到教堂外面,仪式已经开始。管风琴的演奏声传了过来。小B透过窗户看了看里面说:"没错,就是中山在办婚礼。"

"新娘是谁?"

"不知道,看不清楚。里面没有其他人。真是一场只有两个人的婚礼。"

"现在进去不太合适吧,等结束了再说。"

两人决定在教堂门口等待新郎新娘。

过了一会儿，小B说道："啊，结束了结束了。"她一直在窗户外偷窥。

教堂的大门开了，一身燕尾服的中山和一身婚纱的新娘走了出来。

中山见到小A她们，笑着说："啊，你们还是来了！"

"是啊，盛情难却嘛。"小A说着看了看新娘，然后失声喊了出来，"太像小B了……"

"啊，真的……"小B本人也很震惊。

中山微笑着看看新娘。"你们还见过呢。不知二位还有没有印象？"

小A仔细盯着新娘的脸看了半天，突然把嘴张得大大的。"啊，这……这是那位司机？"

"不会吧？"小B也凑过来看了半天，然后倒退了好几步，她吓得不轻。

"正是司机田村。"中山回答，"其实我们几年前就开始恋爱了。不过现在这个社会不会认同我们这种关系，所以我们一直隐瞒着。但是我对女人没兴趣这点让亲戚们很担心，他们总想让我找个女人赶紧结婚。我觉得每个人怎么生活是自己的自由，他们要是不干涉就好了。所以我想到找个女人来假结婚。我知道对真美子小姐撒谎是不对的，但说服亲戚们是我的真正目的。他们得知我会跟女人结婚，已经放心了。"

原来如此，小A终于信服了。果然，那些亲戚并不是什么凶神恶煞。她此时也明白了宴会那天跟她聊天的女人所说的那番话，看来那女人早就知道中山是同性恋。

"那你们俩马上就要去美国了？"小B瞪大了眼睛问。

中山点点头说："美国比日本还是进步些的。而且，我们还得把他变成她。"

"啊？他要做变性手术吗？"小B扯着嗓子喊了起来。

"我们早晚得回日本，到时候如果他还是男人的话，会有很多麻烦。他本人也很想成为女人，而且对我来说，只要是他，变成女人我也会爱他。"

"啊……"

"我明白了！"小A突然一拍手，"所以你们选了小B，因为小B跟他长得太像了。"

"正是。"中山说，"我在飞机上见到她的时候就觉得非她莫属了。他要是变了性，一定跟真美子小姐一模一样。过几年，那些亲戚上了年纪就看不出来了。"

小B看着那个穿着婚纱的司机，正在琢磨他像谁，原来是像自己。

四目相对，他那双粘着假睫毛的眼睛笑了起来。小B觉得背后一阵发凉。

"时间紧迫，我们先走了，就此别过吧。"

说着，两人坐进了停在旁边的奔驰。中山坐在驾驶席上，副驾驶席上坐着田村。

"祝你们幸福。"

小A伸出手，中山很开心地跟她握了握手。小B也有样学样。

奔驰缓缓地开走。开出十几米后，又停了下来。中山从车窗里探出头来。

"真美子小姐！"中山喊道。

小B马上跑了过去。中山继续说道："真是太感谢你了。全世界的女人里，没有人比你更适合做我的新娘了。"

小B愣住了。

"再见！"

奔驰再次开动，这次再也没有停下。

目送着汽车远去，小B自言自语："全世界的女人里……"

小B终于明白了这句话的真正含意。

神秘旅伴之谜

1

十九时五十分由福冈出发,二十一时二十分抵达东京的航班上。

那个男人登机的时候,新日航空姐小A,即早濑英子,心下很诧异,目光在他脸上多停留了一会儿。

因为她见过这个人。

这个头发微白且梳理得整整齐齐的男人动了动嘴唇,似是在说"你好",接着就向机舱后方的座位走去。他好像也注意到了小A。

等到全体乘客登机确认完毕,小A跟小B耳语:"'富屋'的老板刚才上飞机了。"她说的是刚才那个男人。

"什么?富屋就是那个卖糕点的店吧?他坐哪儿了?"小B边说边左顾右盼。

"左边倒数第二排那个,穿灰西装的……"

小B顺着小A指的方向看过去。"真的哎。"她轻声说,"他看起来精神不太好,是不是生意不好啊?"

"不是吧,肯定只是累了而已。"小A说着笑了笑,但她也觉得那人有些垂头丧气。

富屋是家日式糕点店,位于福冈市内。在那里不光可以买到糕点,还能在里面的茶室品尝到抹茶。小A对茶道颇有些心得,所以在福冈过夜的时候,常常会拉上小B去这家店逛一逛。但小B不怎么爱喝抹茶,只顾不停地吃点心。

出于这层原因,她俩跟这家店的老板还算相识。

飞机从福冈机场安全起飞,没多久就开始水平飞行。

小A边发糖果边沿着过道前进,来到糕点店老板面前时问了一声:"您这是出门旅游去吗?"

正对着窗外景色发呆的老板吓了一跳,赶紧坐直了,望着她回答:"啊,不是。"他摇了摇头,拿手中的手帕擦了擦额头,"我去参加大学同学会。我大学在东京上的。"

小A点了点头,又问道:"同学会是在今晚吗?"

糕点店老板又摇了摇头说:"不是,同学会在明天。我很久没去东京了,我老婆也说让我好好逛逛,所以就选在今天出发了。"

"这样啊。"

小A微微一笑从他身边走了过去,却被他叫住了:"啊,请等一下。"

小A回头看了他一眼,微笑还挂在唇边。

"能不能一起吃个饭什么的?"糕点店老板问得很踌躇。

小A没想到他会这么问,露出了犹豫不决的神情。

不知他是不是发现了小A在犹豫,紧跟着补了一句:"只是吃顿饭而已。我只是觉得自己一个人吃饭挺没意思的。"

小A恢复了刚才的笑容，稍微向左一歪头说道："很遗憾，我晚上还有飞行任务。"

这当然是谎话。每当被男乘客邀请的时候，小A都如此拒绝。小B要是在旁边，一定会说："你简直太浪费了！要是我一定统统让他们请客！"

"是……是吗……那就没办法了……"

糕点店老板神情失望地再度望向窗外。小A看着他的侧脸，觉得他此刻一定在后悔开口约她。

在小A跟糕点店老板交谈的时候，小B正在前排座位附近抱着报纸杂志来回溜达。

"请问……"这时，有个声音对小B说。是一位三十出头、大眼睛长头发的女士。她晒得有点黑，更加凸显了那双大眼睛。

"请问滨松町那边有宾馆吗？"这位女士问道。滨松町是从机场出发的单轨电车的终点站。

小B想了一下说："有，有宾馆。"然后她提到了S酒店。她自己没在那里住过，但以前听住过的朋友提过。

"哦，那我住那里好了。"这位女士的话音越来越小，最后成了自言自语。然后她又看了小B一眼，道了声"谢谢"。

没过多久，小A和小B在厨房碰面。但她们谁也没提刚才各自跟乘客的一番对话。

"哎，今晚吃什么？"小B一如往常地只关心吃的话题。

飞机继续朝羽田机场平稳地飞去。

2

S 酒店就在 JR 线滨松町站和芝公园的中间。

这是家很旧的酒店，一共七层，砖红色的墙面黑乎乎的。前台在二楼，去往前台途经的大厅也好，大厅里悬挂着的吊灯也罢，无不透出一股老旧的气息。尽管如此，每晚仍会有几名从机场过来的客人入住。

就在这家酒店里，发现了死于非命的尸体。发现尸体的日子，正是小 A 和小 B 执行完福冈到东京乘务的第二天。

"请你冷静下来再从头讲一遍。"警视厅搜查一科的笠井直视着眼前这个脸上稚气未脱的门童说道。这里是案发的房间门口。他身边的辖区警局刑警也准备好了记事本。

身着砖红色制服、姓永本的门童说："所以……"他咽了口唾沫，"所以这客人总是不退房，科长就让我上来看看到底怎么了。"

"科长指的是高野先生吗？"

笠井那五官深邃的面孔转向门童身边的消瘦男人。他就是前台科长高野。

"十一点是退房时间。"头发梳得很整齐的高野轻轻点了点头说，"都快到中午了，五一四房间和五二〇房间的客人也不见身影。我就往他们房间打了电话，可是都没人接，所以就让永本上来看看情况。"

"永本就先去看了五一四房间，是吗？"

门童听了笠井的问话，点了点头。"我敲门，里面没有反应，就把门打开了。"

　　"然后你发现了尸体？"

　　门童继续点头。"怎么会发生这种事情呢。我做梦都想不到。"

　　"我也这么觉得。"笠井边说边指了指房门，"房门是锁着的吗？"

　　"没有，没上锁。"

　　笠井点点头，又检查了一遍门把手。这家酒店的门是最近很少见的非自动锁。

　　"你再说说开门之后的情况。"

　　永本咽了口唾沫，慢慢讲了一遍。事情是这样的——

　　"我一开门就觉得房间里不对劲。大中午的，窗帘还拉得很严实，行李什么的也都摊在外面，进门左手边的浴室门开着，里面的灯也是亮的。"

　　这客人是不是出去了还没回来，永本当时这样想着。为防万一，他又向浴室里瞅了一眼。只见有尸体倒在那里，而且还是两具。

　　永本当时吓得不轻，连滚带爬地跑向电话，向前台通报这里发生了案件。

　　"那死了的两个人，"笠井看着前台科长，"男的是五一四房间的富田敬三，女的是五二〇房间的堀井咲子，没错吧？"

　　"没错。"高野铁青着脸回答道，也许是因为他想起了尸体的模样。

　　尸体上全是血。

　　倒在浴室门口的是堀井咲子。她胸口插着把水果刀，渗出的血把她的毛衣都浸成了黑红色。

富田敬三靠在浴缸边上。浴缸里放满了水,水被染得鲜红。他左手浸在水中,手腕的动脉已被割断了。

"这两个人都是昨晚入住的,是不是?"笠井问高野。

"是的。入住时间差不多。"

"不是一起入住的吗?"

"不是。富田先生预约了,堀井小姐没预约过。"

"你有没有见过他们两个人一同出入?"

前台科长侧了侧头说:"这个嘛……"

"茶几上有两个咖啡杯。那是你们酒店准备的吗?"

"不是。一楼有家叫'BRICK'的咖啡厅。应该是从那里叫的客房服务。"

"这样啊。"

结束了对高野和永本的询问,笠井回到房间。

"那个男性死者的手腕……"戴着高度近视眼镜的鉴定人员凑到笠井旁边说,"从伤口判断,应该就是插在女死者身上的那把刀割的,而且也没找到其他的凶器。"

"就是说,那把刀先割了男人的手腕,然后又捅了女人?"

"看起来是这样的,再研究一下那把刀应该能有更准确的结果。"

"可是看现在的情况,男人像是自杀啊……"

"这得看解剖结果了。女人身上的伤更没法下结论了。看起来似乎他杀色彩比较浓,但伤口的位置女人自己也并不是捅不到。"

"也就是说,两个人都很可能是自杀喽。但是男人割腕,女人刺中前胸,总觉得有点不对劲。"

"这可不好说。可不敢小看最近女人的胆量啊。"

笠井撇了撇嘴问:"指纹呢?"

"已经采集过了。刀上似乎只有女人的指纹。还有一点我很纳闷,就是那两个咖啡杯,有一个上面的指纹被擦掉了。"

"哦……"

"另一个杯子上有指纹,是富田敬三的。"

"咖啡都喝光了?"

"是的。两个杯子都是空的。"

"嗯。"笠井再度把头歪向一边。

笠井来到一楼的咖啡厅,找到给五一四房间送咖啡的服务生,是个手脚细长、穿着半袖白衬衫的年轻人。

"昨晚十点左右吧。那男人打来电话点单,我就给五一四房间送了两杯咖啡过去。"

"那时候你看到房间里面的样子了吗?"

"没看见。我一敲门,客人就把门打开差不多二十厘米,连盘子带杯子都接了过去。"

"你有没有察觉里面还有其他人?"

服务生抱着胳膊,眉头微蹙。

"倒是没听见声音,但是看那人的动作,感觉房里藏着人似的。"

笠井道了谢，离开咖啡厅，又回到凶案现场。

两个死者的身份很快就确认了。

富田敬三是福冈市内一家日式糕点店富屋的老板，四十五岁，家里有妻子和一个正读高二的女儿。他来东京好像是为了见同学，从他的包里发现了能证明他此行目的的一张同学会请柬。

堀井咲子是住在福冈的公司职员，三十岁，供职于某家内衣公司。警方询问了该公司，得知她昨天和今天都休假，来东京的原因不明。她独自居住在福冈的公寓。目前正在联系她的家人。

"是不是情伤酿成的惨剧呢？"辖区警局的年轻侦查员跟笠井说，"看现在这个情况，也许是男人先捅了女人，再割腕自杀吧。"

"但是你说的这种情况，刀应该掉在地板上。"笠井边抚摩着剃得光溜溜的下巴边说，"刀还留在女人身体上，说明男人割腕在先。"

"的确如此。那就是反过来。女人先杀了男人然后再自杀。而且女人不是没预约房间嘛，说不定是从福冈追那男人来的呢。"

"你说的也不是没道理……"笠井陷入了沉思。杀人殉情？那么女人不是也应该割腕自杀才说得通吗……

3

这天晚上，正看着电视的小 A 和小 B 突然看到新闻里播报的 S 酒店惨案，她俩噌地从沙发上蹦了起来。

"什么？富屋的老板他……"小A喊了起来。小A昨晚才见过他，所以更加震惊。

但小B的一句"难以置信"嗓门更大。电视上播出了女死者的照片，小B正是看了这张照片才吼了起来。

"这个女的我见过！"小B接着说道，"昨天她也坐了那班从福冈到东京的飞机！我记得她还跟我搭了两句话。啊，怎么办啊，想起来心里就别扭！"

"就是说，他们俩坐过同一班飞机？"

小A边说边开始认真听电视上的解说。电视上说警方正在全力调查两个人的关系。目前为止，各方看法似乎倾向于这是一场走了极端的情感纠纷。

"但是两个人的确不是约好一起来东京的啊。"小A说着把电视关掉，"其实昨天富屋老板还约我吃饭。如果有女人跟他一起来，他不可能还要请我吃饭啊。所以他应该真的是来参加同学会的。可能那女人是追他来的。"

"嗯……但是跟自己的情人坐同一班飞机会没发现吗？在候机厅就可能见到啊。"

"也有可能见到了却故意装作没看见呢。"

"这样啊……"小B点了点头，但还是一脸不解。过了一会儿，她突然"啊"了一声。

"怎么了？"

"不对不对。我刚想起来,电视上那个女人问过我滨松町有没有宾馆。

如果她是追着富屋老板来的，怎么可能这么问呢？"

"啊？那你怎么回答的？"

"我当然回答'有'啦，比如 S 酒店什么的……"说到这里，小 B 突然像打哈欠一样张大了嘴，"就是因为我说了这句话，她才住 S 酒店的啊！"

小 A 皱着眉，一副沉思的表情。"如果你说的没错……"

"你这话可不对啊，我说的本来就没错。"

"那么，富屋老板跟那个女人坐上同一班飞机，然后住进同一家酒店，都纯属偶然啊。"

"怎么可能有这么多偶然啊。"小 B 不相信，连连摇头。

"是啊……怎么可能呢。"

小 A 坐在桌子旁边，手托着脸颊，想起富屋老板善良的面孔。这样的人居然会有情人，小 A 无论如何也想不通。

凶案后第二天，小 A 下了飞机回到乘务员室，看到两个侦查员正等着她。小 B 和客舱科长远藤也在。远藤一脸郁闷，可能正琢磨怎么一出麻烦就有小 B 的份儿。

"这两位是为昨天 S 酒店凶杀案来的。两名死者好像都坐过咱们的航班。你们昨天不是执行这趟航班的乘务嘛，这两位要问你们几个问题。"

远藤介绍了一下在场的两个刑警。年长一些的是警视厅搜查一科的笠井，年轻一些的姓山本。

远藤逃也似的离开，轮到小 A 她们坐到刑警对面。

笠井先给她们看了两张照片，询问她们对照片上的人有没有印象。和她们想的一样，照片上正是在酒店遇害的那两个人。小 A 和小 B 对视了一眼，点了点头，表示她们认识富田敬三。

"那太好了。"笠井咧了咧嘴，"其实今天我想问问两位飞机上的情况。两名死者是不是曾经表现得很亲密……具体情况是什么样的？"

小 A 又看了看小 B，回答道："关于这个问题，昨天看新闻说他们两位可能是情人关系，我觉得很意外。"

笠井的眼睛里闪过一道光。"完全看不出来他们有什么亲密关系，是吗？"

"是的。别说是情人，连座位都不在一起。我也没见他们说过话。"

"哦……看起来就是完全不相干的陌生人？"

"是这样的。还有……"

"什么？"

小 A 告诉刑警富田曾想约她出去吃饭的事。她认为富田不像和女人同行。

"然后，还有还有……"小 B 见刑警津津有味地听小 A 讲，觉得可不能甘拜下风，就插了一句。当然，她提到的正是堀井咲子询问宾馆的事。

"所以我觉得她住进 S 酒店完全是偶然的。"小 B 鼓起鼻孔说。

笠井对小 B 的话似乎也很感兴趣。

"原来如此。听你们二位这么一说，两名死者要是情人关系，反倒无法理解了。"

"警察先生也对此持怀疑态度吗？"小A问。她觉得笠井的提问里总透着不相信两名死者是这种关系的意思。

刑警点点头说："疑点太多了。尤其是我们调查了堀井咲子的情况之后，更觉得可疑。她的生活中也没有某个男人存在的迹象，来东京是为了参加恩师的葬礼。我们从她的行李里面找到了佛珠。"

那么，堀井咲子追着富田来到东京这个解释就彻底说不通了。

"富屋老板娘没说些什么吗？"

小A一问，笠井显得有些意外，没想到她对案件这么有兴趣。

小A缓和了一下语气说："不是啦，我就是常去富屋，跟老板娘也挺熟的。想到他们夫妻俩，我很难相信老板会有情人。"

笠井恍然，点了点头。

"我们从富田敬三夫妇的朋友那里得知的情况，也正如你所说，他们的关系非常好，敬三不像是有外遇的人，但老板娘说她隐隐感觉到丈夫有了外遇。"

"老板娘知道？"小A说着看了看小B。她们去过好几次富屋，觉得富田夫妇亲密无间，半点嫌隙也没有。

刑警点点头接着说："昨天我们直接询问了老板娘。她说她知道老公有情人，但是最近敬三告诉她会跟情人分手的。不过我得加一句，情人答应了没有就不得而知了。"

"分手的事情谈崩了，继而演变成一场情杀？"小B脱口而出。

"这么一分析就是这个结果了。但是，就像刚才咱们说过的，说富田跟堀井咲子是情人关系实在有点牵强。"

4

第二天，小A和小B都放假。两人很久没逛街了，原本想出去逛逛街，但是小A一大早提出了别的建议。

"去S酒店？"小B嚼着吐司问道。

"没错。我想去看看那边的情况。"

"你是指那起凶案对吧？这可稀奇了，小A你也八卦起来了。这不是我的专利吗？今天吹的什么风啊？"

"没什么特别的原因，我只是有些问题想不通。那天晚上富田还想约我吃饭呢。要是我答应他了，也许事态就不至于此了。"

不，不如说肯定不会是这样了，富田也就不会死，小A想。

"被你这么一说，我也觉得好难受啊。"小B把面包吞了下去，轻轻叹了口气，"堀井咲子会住S酒店也是因为我。她家属要是知道了，肯定会恨我的。"

"所以咱们去看看是什么情况嘛。到底发生了什么，让这两个乘客死在了同一间客房里？或许能找到一点线索。"

"嗯，也是。"小B有点萎靡，但还是点了点头，然后又把手伸向吐司。

想跟酒店员工问些线索，还是以客人的身份比较合适。于是小A和小B预约了一个双人标间。在前台接待她们的是个头发三七分、身材矮小的标准酒店服务生。

"这家酒店前几天发生了自杀案,是吗?"小A签字的时候,小B问道。对方毫无反应,可能他们被下了封口令。

"案发之后有什么新进展吗?"小B仍然不放弃,步步紧逼。

对方回答:"这件事恕我无可奉告。"言毕低头不语,随即招呼旁边的门童给她们带路。这样一来,小A和小B非走不可了。

房间是六一六室。在门童的指引下,两人进了电梯。

"请问,两位客人是杂志社的吗?"门童按下了六层的按钮,问道。他似乎听到了她们和前台的对话。

"那倒不是。我们只是认识死者。"小A回答,想起发现尸体的就是一个门童,"你不会就是那个发现死者的……"

门童坦然一笑。"正是,我姓永本。那天可真吓死我了。"他回答着,电梯正好到了六楼。

"那两个人入住的时候,你跟他们说过话吗?"跟在门童身后的小B发问。

"可能带路的时候说过一两句吧,我记不清了。"

"那么,从他们登记入住之后到发现尸体之前,你都没再见过他们?"小A问他。

永本点点头回答:"啊,是的。不过,我记得后来还看到过那个女客人一次。好像是在五楼电梯间。她好像从垃圾箱里捡了什么东西。"

"垃圾箱?"

"是啊。我也只是看到她好像捡起什么东西。我赶着下楼,也有可能看错了。"永本说得很谨慎。

但是小A觉得他没看错。堀井咲子应该是从垃圾箱里捡起了什么。问题是她捡了什么呢？

永本带她们来到一间外观古旧但内装精致的标间。从房间的窗户能直接望见东京塔。

小A去看了看浴室，外间是一个坐便式马桶，里间有个浴缸。据说富田左手浸在水里，堀井咲子的胸前插着刀倒在地上，但具体位置她也不清楚。不过男女为情自杀选择这种地方，怎么想都觉得奇怪。

"我可不会死在这种地方。"小B说，"一不留神脸扎进马桶得多难看啊！"

"是够脏的。"

"要不咱们去五一四看看？"小B建议道，"首先要勘查现场嘛！"

小A欣然同意，两人出了房间。

虽说是勘查现场，但房间不是随便就进得去的。她们只能在案发的房间外转悠了几圈。

突然，房门开了。"啊！"小A和小B惊慌失措地抱成一团。

"哦？是你们啊？"

和惊慌的她们形成鲜明对比的，是镇定自若的警视厅刑警笠井。

"空姐还要兼职当侦探吗？"笠井喝了口咖啡说。他请她们来到一楼的BRICK咖啡厅。小A和小B都低着头，用吸管一个劲地喝着杯中的果汁。

"哎哟,不用这么拘谨嘛。还有,说到这家店,那天晚上富田曾经叫这家咖啡厅送两杯咖啡到房间里。案发现场的桌子上留有两个空咖啡杯。不可思议的是,一个杯子上有富田的指纹,另一个杯子被擦得干干净净。"

"指纹被擦了?"小A抬起了头。

"是啊,不可思议吧?起码得有店员的指纹吧,但是上面什么都没有,只能认为是有人擦掉了。"

小A听到指纹被擦,最先想到的是此案为他杀。凶手擦掉指纹逃走是推理小说的常见情节。

"但是,现在认为堀井咲子先杀富田然后自杀的意见还是占了上风。"笠井好像看出小A在想什么,接着说,"其实富田体内检测出了安眠药,应该是混在咖啡里的。我们还检验了刺入咲子胸膛的那把刀,上面验出了富田的血迹。从这些大概可以推断出,咲子可能趁机让富田昏迷,然后割了他的手腕,自己再自杀。"

"咲子是富田的情人这件事得到证实了吗?"小B问。

刑警面露难色地摇了摇头。"还没。尽管他太太认定他有外遇,但是没法证明那人就是咲子。"

"啊,我突然有个想法。"小A说起她一直在琢磨的想法,"难道就不能是他杀吗?比如凶手为了杀富田而来,给他喝了安眠药,然后割了他的手腕。这时,堀井突然进来了,凶手一时冲动就杀了她……这样说不通吗?"

如果是这样,就能解释为什么咖啡杯上的指纹被擦掉了。

笠井十分钦佩，马上对她另眼相看，缓缓点了点头。"很棒的推理。其实我们也讨论了这个可能性。但如果凶手另有其人，也有个疑点必须解开。"

"就是富田和咲子的关系吧？"小 B 插了一句。

"是的。这个问题不解决，此案就完全没有眉目。还有动机问题。"笠井说着喝了口水，目光望向远方，然后一脸郑重地问，"你们认识富田的太太，对吧？"

"是啊，认识……"小 A 看了看小 B 说道。

"坦白说，她是个什么样的人？说说你们的感觉就行。"

"什么样的人……"小 A 含含糊糊地说。

"是个很好的人。"小 B 干脆地回答，"为人温柔亲切，而且让人觉得很坚强。"

"这样啊。"笠井说着又喝了口水。

小 A 觉得他的表情很耐人寻味，于是问道："难道你们在怀疑她？"

这个提问让笠井一惊，扭头看着小 A。

"果然是啊。"

"没有，说不上怀疑。"笠井说得很干脆，好像怕招人误会，"这本来是个秘密，但我相信你们，就告诉你们吧。其实富田上了一份高额人寿保险。"

"保险？啊，这样啊……"小 B 恍然大悟，拍了拍手，"那笔保险金的受益人就是他老婆，对吧？所以你们怀疑她。"

小 A 看了看刑警的脸，刑警用目光表示了肯定。

"三亿。"他说，小B闻言吹了声口哨。"而且是两个月之前才签的约。怀疑为了保险杀人原本是调查的老路子，但是我们查了她老婆，她有完美的不在场证明，而且怎么看都不像杀人凶手。"

"正是如此。这种傻气的想法还是早点扔掉为好。"小B坚定地说。

"我们也觉得这个思路不太妥。"笠井回答道，"而且，这次的事情他老婆能不能拿得到保险金，还是疑问。"

"言下之意是……"小A问。

"你可能知道，人寿保险签约一年以内，若是被保险人自杀，是得不到保险金的。这次的案件如果是自杀——如果能确定两名死者是事前约好自杀，保险公司是不会给钱的。"

"你是说，如果为了骗保，是不会制造出这种局面的？"小A说。

"正是。凶手应该留下一个更明显的他杀现场才对，而且这并不难。"

5

小A再度见到笠井是凶案之后的第十天，在羽田机场。

"我正要赶去福冈。"刑警说道。

"啊，那是几点的飞机呢？我今天执行乘务也要去福冈。"

笠井所说的航班不巧是比她早的那班。

"目的是去一趟富屋，从老板娘口中问些东西出来。"笠井的措辞让小A觉得另有隐情。

"有什么进展了吗?"

"没有什么像样的进展。但是我们总觉得保险金的疑点很大。后来我们又调查了富屋,发现那家店欠了一大笔债。"

"富屋负债……"

小A有点意外。那家店无论什么时候都给人一种威严庄重之感,丝毫嗅不出经营不善的气息。

"对这种老字号实行科学管理似乎不太容易,而且维持传统好像也需要一大笔开支。"

笠井看了看手表。快到起飞时间了。

"查到富田和堀井咲子的关系了吗?"临别前小A追问了一句。

刑警回过头来耸了耸肩说:"那两个人什么关系也没有,根本就是陌生人。"

小A和小B比笠井晚一班飞机抵达了福冈。今晚她们要住在这里,这意味着她们有充足的时间在市内四处转转。

但两人还是决定直接前往富屋。她们想知道笠井究竟问了些什么,还想跟富田的妻子——好像叫早苗,确认一些事情。

"哎,小A,你想到了些什么,也跟我说说好不好?"

小B气鼓鼓地跟了上来。只有小A什么都知道,让她自觉很无趣。

"哦,你是问堀井咲子在垃圾箱里到底捡到了什么吗?"

"啊?你知道啦?那到底是什么啊?"

"这个等到了富屋再说。这样才有意思。"

"什么啊你！还卖关子，小气鬼！"小 B 的圆脸越来越鼓。

富屋面朝一条窄路，伫立在一片旧式房屋中。两人走进去的时候，身着和服的富田早苗温柔地笑着。

"欢迎啊。真是很久不见了。"

听她的声音，着实想不到眼前的这个女人十天前才死了丈夫。小 B 曾经说她是个"内心很坚强"的人，今日一见，小 A 深有感触。富屋能撑到今天，十有八九是因为有她在吧。

"那个……我们听说了您先生的事情。请节哀顺变……"小 A 说。

早苗不停地摆手。"这事别再提了。过去的都过去了。"

早苗把两人请到里面的茶室。虽然是间茶室，但是有椅子坐，不用担心跪得腿麻。

喝着女主人亲手泡的茶，两人各吃了一块富屋特制的日式糕点。

"再来一杯吗？"早苗问。

小 A 谢绝了，说道："我有点事情想问您。"她原本打算自然地带出这句话的，但说出来还是生硬得很。"今天警察是不是来过了？"

早苗几乎完全不为所动，用她那万年不变的温柔目光看着小 A，平静地问："你认识他？"

"对。为了这次的案件，我们聊过几回。"

然后小 A 就把富田如何搭乘了她们的飞机，以及后来发生了什么都告诉了早苗。

"是这么回事啊。那可真是巧。"

早苗保持着笑容。小 A 想，她也太冷静了吧。

"那个……警察来问了些什么呢？"

小A知道自己问得太过深入了，说不定这句话已经惹得她很不高兴了。

但早苗只是稍作思考。"没什么大不了的。他就是确认了一下到目前为止发生的事情。我看那个警察有点失望呢，但我也没办法。"她轻描淡写地说道。

这不可能，小A想。笠井特意跑这一趟不会只是为了确认而已。他一定是知道了真相，为了证明才来的。

"夫人！"小A喊道。声音十分镇定，连她自己都感到奇怪。早苗向她投来温和的目光。小A迎着这目光继续说道："您先生是自杀吧？警察是不是这么问您的呢？"

早苗的表情第一次僵了一下，好像突然间蒙上了一层阴影，但是很快又笑颜如初。她似乎在强撑着。"我先生，"她轻轻地说道，"是被那女人杀害的。"

"不对吧。"小A挺直了脊背，"正好相反，是您先生杀了那个女人。"

她身旁的小B不自觉地倒吸一口冷气。

"富田先生饱受负债之苦，想用自己的人寿保险还债，对不对？现在回想起来，当天晚上我们在飞机上遇到富田先生的时候，他似乎满腹心事。"

所以他想和别人共进最后一顿晚餐，小A现在才想通。

"那他是为了自杀才去了东京？"小B谨慎地问道。

早苗只是沉默地看着自己的手。

"是的。但是一旦被人发现是自杀,就一分钱保险金都拿不到了。所以他要伪装成他杀。不管是在咖啡厅点的两杯咖啡,还是那个被擦掉指纹的杯子,都是为了暗示凶手的存在而故意布下的疑阵。"

"安眠药也是吗?"

"是的。那是他自己倒进杯子,自己喝下去的。然后他用刀割腕,再把手放进浴缸。"

"的确,这样一来警察在查案子的时候一定会往他杀方向分析。"小B低头说道,然后仰起头问,"那么堀井咲子是怎么卷进来的?"

"问题就在这里。"小A说,"富田先生其实设下了另一个陷阱,那就是房间的门锁。他把钥匙扔在了房间外,从房间内把门锁上了。这样一来,大家就会认为是凶手逃跑前锁上了门,然后半路扔掉了钥匙。钥匙正是被扔进了那个垃圾箱。"

"就是堀井捡了东西的那个垃圾箱?"似乎是理解了的来龙去脉,小B的语气变得激动起来。

"没错。万事俱备,富田先生正准备自杀,就在这时,意外发生了。居然有个陌生女子进了房间。"

"就是堀井咲子吧?"

"她可能出于某种原因,在垃圾箱里发现了钥匙。我想她是为了还钥匙才进了房间。也许她敲了门,但是没人答应,所以她就想把钥匙放下再走。富田先生大概吓了一跳,因为他从没想过会有人开门而入,如果自己还没死就被人发现,那就糟了。"

"如果他被人救了，一旦警察调查起来，他早晚得供出自己图谋诈骗保险金一事。"

"我不知道富田先生那一瞬间究竟怎么想的，但是至少他觉得这样下去不是办法。最后一招就是杀了堀井。等确认她断了气，他就把刀上的指纹擦掉，然后印上她的指纹，自己则把手伸进浴缸。如此一来，完全陌生的两个人就死在了酒店的同一间房间里。"

说完，小A看了看早苗。早苗一直盯着自己纤细的手指，仿佛丝毫没听见眼前两个年轻女子的对话。当然，她不可能没听到。

小A调整了呼吸，问："您觉得如何？您先生的死难道不是自杀吗？"

过了一会儿，早苗的右手轻轻抚了抚高束的发髻，似乎在思量该怎么开口。

"我先生的遗书，"早苗开口道，"在他尸体被发现的那个早晨就寄来了。我先生出门之后就把遗书寄出了。他自杀的理由我就不用多说了。"

小A被早苗的气势镇住了，点了点头。

"我也不清楚那位女士怎么死的，也许正如你所说的那样，但这事根本无所谓。对我来说，必须一口咬定我先生不是自杀而是他杀。"

"所以您就撒谎说您老公有情人。"

早苗目光低垂："那个人啊，要是有找情人的勇气，说不定生意也能好转一些了。"

"笠井对真相也有所察觉，是不是？"

"是啊。他也坐在你的位置上，滔滔不绝地给我解释案件的来龙去脉。他明天也许还会来，后天可能也来。"

"但是您准备绝口不提遗书的事？"

早苗的嘴唇上浮现一抹微笑。

"当然不会提。富屋的招牌是我先生拼了命才保住的，我也会为了它鞠躬尽瘁。"她笑眯眯地看看小A，又看看小B说，"所以拜托你们二位在警察面前也请保持沉默。"

小A和小B对视了一眼，点点头说："我们不会说的。"

早苗再次笑着问道："要不要再来一杯？"

"好啊，麻烦您了。"小A重新坐回椅子上。

重要失物

1

十四点二十分由东京起飞,十六点五分在青森降落的YS11客机内。

新日航空姐早濑英子,即小A,发现这件物品时,飞机已经起飞一个小时左右了。

今天有二十七名乘客,大约只有满员状态的一半多,所以小A和她的同事小B在执行乘务时也轻松了不少。

此物遗落在机舱尾部的卫生间内。

这是什么呢?

小A在狭窄的卫生间里弯腰捡了起来。这是一个白色的信封,正面朝下掉在地上,背面空白,只留下一个浅浅的脚印,不知谁踩的。

大概是乘客掉的吧。

她这么想着,看了看信封的正面,随即差一点下意识地把它扔出去。

信封上只有两个小小的字——"遗书"。

2

"你可捡了个要命的东西,要是情书多好玩。"

小B睁大了眼睛,本就圆溜溜的双眼在小胖脸上更显得浑圆,闪着好奇的光。

"这东西可烦死我了。"小A皱着眉低声说道,"又不能老这么拿着,总得想办法找到失主。"

"那用话筒喊一下呗。"小B轻描淡写地说。

小A的眉头更紧了。"你让我怎么喊?'哪位旅客在卫生间掉了一封遗书,请速来认领',这么说行吗?"

"不行吗?"

"当然不行了。你脑子里想什么呢!"

"信封上没写名字吗?"

"真遗憾,没写。"

"那就打开看看呗!里面肯定写名字了。"

话没说完,小B就夺过信封。信封并没封口,就在她快把信纸抽出来的时候,小A从旁抢了过去。

"我说小B,你别太胡闹了。毕竟得保护人家的隐私啊。失主要是知道遗书让别人看了,肯定会郁闷得难以振作起来啊。"

"都准备自杀了,这人还能郁闷到哪儿去啊?"

"你真是一点都不体贴啊。"

"那你说怎么办?"

"只能用这儿了!"小A用食指指了指太阳穴附近。

"动脑子最讨厌了,肚子会饿的。"小B说。

小A没理她,将双臂抱在胸前。

"乘客一共二十七名,使用过卫生间的人很有限。你还记得都有谁用过卫生间吗?"

对空姐来说,记住这点事情很容易。

"当然记得啦。那边那个看着像白领的女人去过吧?还有那个带着一丝学者气息的男上班族也去过。再有就是一个看起来像初中生的女孩和一个秃顶的大叔。"

"等一下,女白领前面还有一个中年阿姨进去过。安全带指示灯一灭她就冲进去了,我记得很清楚。"

"对对对,没错。阿姨们总这样。"小B显得很不耐烦。

"还有,那个小女孩和秃顶大叔中间也有人进去过的,就是那个坐禁烟席的白发老奶奶。"小A指着中间的座位说道。

"一共有六个人呢。"

"那么,失主理应就在他们中间。我们得想办法找出那个人,还得阻止那个人自杀。"

"人要是想自杀,从脸上能看出来的。我去发糖,顺便仔细观察一下每个人的表情。"小B边说边拿起装糖的篮子。

"等我一下,我也去!"小A跟着出去了。

首先是看着像白领的女人。她头发很长，侧脸十分美丽。她坐在窗边，跷着腿，神色忧虑地望着窗外的风景。她的包随意地放在过道一边的空座位上。前面的座椅下面摆着一把和包同花色的雨伞。

小B对小A使了个眼色，暗示这个人很有可能是遗书的主人。

"您好，请用糖果。"

小B跟她说。这位女士看看她，抓了一把糖。瞬间飘过来一阵淡淡的香水味。

"那个……遗……"小B小声地问。

女士诧异地看着她："你说什么？"

"没有，那个……岩滩①，您看得到那边的岩滩吗？"

"岩滩？"她向窗外望去，接着对小B摇了摇头，"看不到啊。"

"啊，是吗？不好意思啊，我搞错了。"

小B忙不迭地点头撤退。

身后的小A狠狠戳了下小B的屁股，似乎在责怪她："你在干吗啊？这样只能让人觉得你很奇怪！"

小B耸了耸肩。

接着她们来到倒数第二个进入卫生间的白发老奶奶身边。她看起来得有七十岁了。她应该不是一个人旅行，坐在她身边的像是她先生。老先生闭着眼睛，好像睡着了。小A在他膝盖上盖了条毯子。

"谢谢你。"一旁的老奶奶跟她道谢，语气和蔼而平静。

---

①日语中，"遗书"与"岩滩"的发音相近。

然后是初中女生。她穿着超短裙和白色羊毛开衫,坐在靠过道一边的座位上,正在看少女漫画。那本漫画不是飞机上提供的,而是她自带的。小A记得飞机还没起飞那会儿,她就看这本漫画看得入迷。

女孩的旁边是一个三十五岁左右的女人,穿着浅灰色的夹克。小B递过糖,她伸手拿了两颗。她的无名指和中指上都戴着戒指。她让身边的女孩吃一颗,女孩头也不抬,说"不吃",简短地回绝了。

最后一个用了卫生间的秃顶中年男人,坐在机翼附近的座位。可能是因为位置不好,他对窗外的景色毫无兴趣,一直在看体育新闻报纸。他没系安全带,腰带也松开了。他跷着二郎腿,短腿伸到了过道上。从腰带松开的地方还露出了一截白衬衫的下摆。

小B请他拿糖,他连看都没看一眼。

学者模样的男上班族看起来三十岁出头,戴着金丝边眼镜,显得文质彬彬。小A记得他是最后一个登机的乘客。他大概心情不好,扫了一眼机舱就坐到了现在这个位子上。这显然不是他登机牌上的座位,因为他根本没看过自己的登机牌。虽说座位是指定的,但像今天飞机这么空的时候,坐哪里都可以。

"您吃糖吗?"小B问道。

男上班族好像吓了一跳,坐直了身子,扶了扶眼镜。

"不用了,谢谢。"他说着向身后的座位看了看。小A注意到了他这个举动。

第一个冲进卫生间的中年妇女一直在跟身边年纪相仿的同伴聊天,她们都没注意小A走了过来。中年妇女身后还坐着两个她的同伴,她转过头来探着身子跟她们热火朝天地聊天。飞机座椅不能像新干线那样转成面对面，对她们来说实在太遗憾了。

过了一会儿，中年妇女终于发觉小 B 拿着糖过来了。"哎哟，谢谢，谢谢。"她说着用肥厚的手掌抓了一大把。让她这么一抓，一篮子糖没剩下几颗了。她使劲往自己包里塞糖，她的同伴们则在看导游书《东北五日游》。

"肯定不是那个大婶！"回到厨房，小 B 指着那个中年妇女说，"要是那个大婶都不想活了，就没人活得下去了。"

"有道理。这样就剩下五个人了。"

"你就没什么线索吗？"小 B 挠挠头。

"非说不可的话，那个浅浅的脚印倒是个线索。"小 A 把信封翻过来给小 B 看，那上面有个不知是谁留下的脚印。"但光看这个也判断不出是谁啊。去对比一下所有人的脚印可能会有结果，可是这怎么可能呢？"

"看笔迹不能知道吗？"小 B 指着信封上"遗书"两个字问。字是用蓝色墨水写的正楷，写得相当漂亮。

"要是让那些人都写几个字，可能就知道了。可是怎么让他们写呢？"

听了小 A 的提问，小 B 显得很犯难："这问题太难了，我怎么可能知道啊！"

"你想想……"

后半句"该怎么办嘛"让小 A 咽了下去，因为她看到那个男上班族站起身朝机舱尾部走来，好像又要去卫生间。但是他没有马上走过来，而是在后排的座椅周围转了许久。

"我想用一下卫生间……"那人说。

"您请。"小B让开路。也许是小B语气奇怪而生硬的缘故,那人一脸狐疑地进了卫生间。

不过他很快就出来了。就算男人本来就比女人快,也没这么快的。但小A她们也不能多说什么。那人清了清嗓子,回到了自己的座位上。

"他很奇怪哦。"小B说,"你不觉得他速度太快了吗?"

"嗯。"小A点点头,"或许他发现遗书丢了,想回来捡。"

"怎么办?"

"怎么办好呢……"

小A朝那人的方向看去,发现他从椅背间的缝隙朝后望了一眼,又赶紧转了回去,显然在注意小A她们。

"我想到一个好主意!"小B拍了一下手,"把信封放到过道上,失主肯定会出来捡的。"

"这样不行,"小A马上否决了她,"要是别人捡走可就热闹了。"

"那你说怎么办?这回轮到你出主意了。"

"嗯……"小A看了看信封。单凭这个想找到失主,看来是很困难了。"没办法,只能使出最后一招了。咱们时间不多了。"

时针指向下午三点半,还有四十分钟就要到达青森。如果找不到遗书的主人,就得眼睁睁看着一个人去自杀。

"看里面的内容,对不对?"小B眼里闪着兴奋的光芒。

小 A 缓缓地点了点头。"我不想这样做，但是这样下去也解决不了问题。"

"一开始就看了不就好了嘛。"

小 B 说着轻轻一吹信封，一下子把信纸抽了出来。信纸有两张，有一张是空白的。

我知道这样做不好，但是我实在走投无路了。

我决定去死。要是我死了，有没有人会悲伤呢？就算有，过不了多久，这悲伤也很快就会被遗忘，每个人都会习惯没有我的日子。到最后，一切平静如初，也许有人甚至会说我死得好。

我并非为谁而死。我只是想死而已。请别同情我。反正每个人都会走向死亡，我只是为自己选择了结束的时间而已。

×月×日 望窗外落雨而书

"失算了。"小 A 说，"根本没署名啊！"她一直以为会有署名，所以看到落款只写着日期，简直要抓狂了。要是有姓名，失主就好找得多。

"而且内容我有些不大明白。"小 B 嘣了嘣嘴，"这么写，谁知道自杀的动机是什么啊。毫无线索！"

小 A 又看了一遍。全篇的字迹和信封上的"遗书"二字一样，写得很是精致。信纸没什么特别之处，是竖条格的。

"小 A，"小 B 戳戳她的腰，"只剩三十分钟了。"

3

小A敲了敲驾驶室的门，门打开了。YS11的驾驶舱仅能容纳两个成年人并坐。

"怎么了？"坐在左驾驶席上的副机长佐藤紧张地问道。

"其实……"小A轻声简洁地说明了事实。

机长小冢沉吟着："遗书啊，这可不妙。找不到失主吗？"

说着他让佐藤来驾驶，自己回过头来。

"我们看了内容，没有署名。"

小A把遗书交给小冢。

"考虑到写遗书的人的心理，这事不宜闹大。总之先跟青森机场方面联络一下，让他们联系警方。"

"但是如果搞不清楚失主是谁，警察也没办法采取行动啊。况且乘客也不可能长时间滞留在机场。"

"的确也不能给其他乘客添乱，但是没辙啊。要是飞机降落之前能找到失主就好了。"

小冢边说边看了看信封，又翻过来看了看背面。

"嗯？"他脸上露出了疑问，"这里好像被谁踩过一脚啊。"

"是的。"

"这脚印的主人可能是在信封掉落之后进卫生间的。也许遗书正是这个人掉的也说不定。不管怎么样,在他之后进去的人跟这件事都无关就对了。"

"你说得对。但是这脚印到底是谁的,我们不知道啊。"

"是吗?"小冢又看了看信封,接着看了看小A,然后放松了表情说道,"小A你的确是个高才生,也毕竟是现代女性啊。你仔细看看,这个脚印上是不是有浅浅的花纹?"

小A仔细凝视信封,上面的确有机长所说的花纹,是一种鱼鳞一样的波浪纹。

"草鞋一般都贴着橡胶鞋跟,对不对?这就是鞋跟上的花纹。"

"是……草鞋啊?"

"没错。有没有人穿着草鞋?"

"有的。"小A脑海里马上浮现出那个老奶奶。

"在那个人之后去卫生间的人都跟这事没关系。"

"谢谢。"小A道了谢,关上舱门,然后回到厨房,跟小B说了刚才的事情。

"嗯,不愧是机长啊。不过嘛,也只是经验丰富而已。"这种时候,小B总是不能大大方方地称赞别人。

"这下好了,终于有点眉目了。"

"不对,就算是这样,也没用。"小B说。

"为什么?"

"你想想看啊,在那个老奶奶后面进卫生间的是那个秃顶的猥琐大叔,对不对?那个大叔本来就绝对不可能嘛。那种人杀都杀不死。"

小A看了看那个中年男人。他坐姿慵懒，几乎快滑出座椅，正打着一个大大的哈欠。

"你说得也对。"

小冢的独到见解收效甚微，小A很是失望。

这时，又有一名乘客站起身来。小A定睛一看，原来是那个女初中生。她一边摆弄着头发，一边朝小A她们走了过来。

"这样吧。"小A把信封翻过来，放在了小推车上面。这样谁都看得到它。

那个女孩走到她们身旁，并没有进卫生间的意思。

"有漫画吗？"她问。声音虽然稚嫩，语气却很老成。

"啊，有啊有啊。"

小B递给她三本绿色封面的漫画。

她扫了一眼说："这些我刚看过，给我几本周刊就行了。"

小B又拿出五本周刊。

女孩一本一本取过周刊。有一瞬间，小A观察到她瞟了一眼那个信封，但她也没什么特别的反应。

"就这本吧。"她说着拿了一本女性周刊。

"你是去青森旅游吗？"趁她回座位之前小A问道。

女孩略加思索之后道："嗯，差不多吧。"

"跟你妈妈一起吗？"

"嗯，对啊……这本周刊我拿走了。"女孩转身往座位走去。

目送着她的背影，小A把头侧向一边对小B说："她刚才看见了信封，似乎也没什么反应。"

"谁知道现在的初中生脑子里都在想些什么呢。他们才不会让你轻易看出心思。"

"还是放不下心啊……哎？"

就在小A她们说话的时候，坐在倒数第四排的一位三十岁左右的女士朝她们走来，看样子不像是来上卫生间。

"那个……"

"您有什么事？"小B用明快的声音问道。

女人用手掩着嘴，脸朝乘客席的方向说道："我觉得那边有点问题。"

"什么？"

"那边那个人，跟我座位相反方向的那个女人。"

她说的正是怀疑对象之一的女白领。小A她们从现在的位置看不到她。

"有什么问题？"小B问。

女人愈发低声说道："我总觉得她好像在哭。"

小B和小A不由得对视了一下。

"我刚才就看她半天了，她一直在拿手绢擦眼角。"

小A也往那个方向看了看，然后笑着对这位女士说道："我知道了。她可能情绪不太好。谢谢您。"

"可能是我多管闲事了。我只是觉得有些不对劲。"她辩解般的说道，然后就回了自己的座位。

"我去看看。"小B正说着,小A已经朝那个女白领走了过去。前方有个人站了起来,又是那个男上班族。

他速度极快地朝后走去,毫不犹豫地坐到一个座位上,正是那个女白领旁边的座位。小A吓了一跳。

"你适可而止行不行!"男人说道,声音很大,引得周围人都看了过来。

"你要别扭到什么时候!差不多能好好谈谈了吧?"

这句话的声音也大得很。连前面的乘客都看了过来。

"您好,能不能请您稍微安静一点?"小A连忙制止他。

"啊,不好意思。"他简短地答道,然后对身边的女人说着什么。

那女人不理他,只是看着窗外。

越来越怪了,小A想。看来这个男上班族一直都很在意女白领的一举一动,所以他才一个劲地回头张望,还无缘无故地频繁上厕所。

乘客们都坐不住了,关注着这对男女。他们和那个坐在女白领对面的女乘客一样,都把身子探到过道上,竖起耳朵听着。

"我知道了,够了,你随便吧。"那男人突然起身,"我简直是个傻子,还想跟你谈。你爱怎样就怎样吧。"

他大步流星地回到自己的座位。先前正偷听的人们缩回了脑袋。

小A沏了一杯红茶,用托盘端到女白领面前。"请用茶。"小A说着把纸杯递给她。她犹豫了一下伸出手。

"不好意思,刚才太吵了。"

她眼睛红红的,但是表情还算平静。小A稍微放心了一点。

"您怎么了？"

小A也觉得自己有些多管闲事，但她一直牵挂着遗书的事情，不由得坐在了女白领身边。

"真是很无聊的事情。"女白领说道，"都是些司空见惯的事……只是受了点打击。"

"打击？"

"我们俩今年春天刚结婚。我是青森人，跟他相亲之后结了婚，就搬到千叶去了。但是他结婚前就一直在跟一个女人交往……"

说着她又开始掉眼泪，话头也就停在这里了。小A大致明白她要说些什么了。

"婚后您先生也一直没跟那女人断了关系？"

她点点头："我娘家多少有些财产，我觉得他就是惦记着我们家的钱而已。我后悔死了，真想自杀算了。"

小A的心猛地一跳，同时觉得脚似乎踢到了什么东西。是把伞，跟女白领的包同样花色的伞。

我们大意了，小A想。遗书没写得很明白，但是写着"望窗外落雨而书"。今天下了雨的地方不多，从一开始就应该锁定那些带伞登机的乘客嘛。

"可千万不能这样。"小A用真诚的目光看着她，"为了这种事情去死不是很傻吗？"

"但是我真觉得活着没什么意思了。其实我连遗书都写好了。"

小A使劲咽了口唾沫。那封遗书就在她口袋里。

"您写了……遗书？"

"是啊。我把对他的怨恨全都写进去了。"

怨恨全写进去了？

"那封遗书呢？"

"扔了。"她干脆地答道，"当怨恨都写成文字的时候，我渐渐平静下来了。实在没必要为了那种人渣浪费自己的人生……是不是？我打算回青森重新开始。他非要追着我上飞机，不过我觉得他应该不可能跟我回娘家。"

"那个……您说把遗书扔了……扔哪儿了？"

"撕得粉碎扔进垃圾袋了。连蜜月旅行的照片一块儿扔了。"

对小A敞开心扉聊天之后，她看上去心情舒畅了许多。

4

安全带指示灯亮了。飞机开始慢慢下降。

"现在搞清楚了，"小A说，"不是那个初中生，就是老奶奶。没别人了。"

"肯定是那个小女孩！"小B断定，"她那个年龄烦恼多嘛。老奶奶都一把年纪了，活到这份儿上就没必要弄死自己了吧。"

"你这理论还真是乱七八糟啊。"

"有吗？"

"总之得注意一下这两个人。"

小 A 和小 B 出去确认安全带。小 B 主动请缨检查后半部分机舱。她提醒大家把座椅靠背都放直，确认安全带是否系好。

那对老夫妇还是同样的姿势。老先生仍然盖着毛毯睡着，安全带系得很好，应该是老奶奶帮他系的。

老夫妇身后是空座，上面摆着飞机上提供的报纸和杂志。小 B 正准备整理一下报纸杂志，忽然听到前面老夫妇的说话声。

"马上就到了哦。"老奶奶说。

"啊，真的很快啊。"

"你睡得不错啊。"

"是啊，睡得很好。真是讽刺，在东京我倒是睡不好。"

"我在这儿也睡不着啊。"

"你还没放弃啊。真是优柔寡断。"

"这倒不是，我真的已经放弃了。所以才按你说的做了啊。"

"那你还睡不着？"

"我是在考虑我们不在了以后的事。会怎么样呢？"

"想那个干吗？不会怎样的。年轻人总有他们自己的办法。我们这些老东西只要不打扰他们就行了。"

听到这里，小 B 给小 A 使了个眼色，连忙回到厨房。

"一块儿自杀？"

听了小 B 的话，小 A 不禁倒吸一口凉气。

"我觉得没错。具体情况还不太清楚，但是那对老夫妇好像是为了不成为年轻人的负担才离开东京的。而且还说什么自己死了以后的事情。你说该怎么办呢？"

"怎么办？事到如今什么办法都没有了啊。只能等降落之后拦下他们仔细问问了，有什么情况就跟当地警察联络。"

小A和小B都坐上乘务员座椅，系上了安全带。飞机很快进入了降落模式。

随着轻微的撞击，身体角度也微微变化。飞机似乎已经在跑道上滑行了，同时传来强烈的刹车感。不久，飞机停了下来。很多乘客不等安全带指示灯熄灭，纷纷站了起来。放了广播之后，小A在舷梯下、小B在舷梯上目送乘客下飞机。

真是一次短暂的航行。

看着乘客们跟她点头致意，小A心想，都是那封遗书闹的。她都记不清楚自己这趟乘务做了些什么了。

不过总算遗书的主人有了点眉目——如此一想，她稍微安心了一些。

那个有外遇的男人下了飞机。他不停地回头，似乎还是在意他老婆的事情。不知他老婆是不是故意迟迟不下来，到现在还不见人影。最后，他面色铁青地走了。

接着出现的是那个女孩。刚才坐在她身边、看起来像她母亲的女人跟在后面。母亲面带微笑，女孩却面无表情。跟在她们身后的是个四十多岁的男人，体格强壮，皮肤晒得黝黑。他就坐在这对母女身后。

"旅途辛苦了。"小A低头道。

那男人边拢了拢头发边说："谢谢。"

这时，他指尖有什么东西闪了一下。

啊！小A忍住惊叫目送他下了飞机。他快步追上了前面的母女，又拢了拢头发，冲那位母亲说了些什么。母亲笑着回答，笑容非常愉快。

是这么回事啊！

小A呆呆地看着他们三个人。这时，有人喊她。她回头一看，正好迎上小B的目光。原来那对老夫妇走了过来。

小A看着小B，用力摇了摇头。小B完全不明白她的意思，一脸茫然。

"剩下的都靠你了！"

小A没办法，只能大喊一声，然后马上去追那对母女。小B说了些什么，她也没听见。

"请稍等一下。"小A对那对母女说。她们一脸疑惑地回过头来。小A拿出信封，给那个女孩看了看，"这个是你掉的吧？"

女孩最初并没有任何反应。一瞬间，小A以为自己的推理错了。不过，她并没推错。

少顷，那个女孩突然狂奔而去，消失在机场外接机的人群中。

5

"她没坐公交车，出租车司机也没看见她，可能就躲在机场附近。"穿制服的警察向小A等人报告。警宗年过四旬，看起来和蔼可亲。"我们也让当地居民帮忙找人了。请放心,应该很快能找到。"

"谢谢你们了。"女孩的母亲道了谢,警察还了礼走出去。

在机场的候机厅,小A和小B陪女孩的母亲元西君子和她的未婚夫安藤龙夫等待着。

小女孩叫悠纪子。她就这样不见了。

"我一点都不知道。"君子把头埋得很低,紧紧地攥着手绢,"她怎么会想自杀呢……而且还是在这趟旅行中……"

安藤也沉默着。他坐在君子身边,像是在忍耐着什么,表情沉痛。

"那笔迹的确是您女儿的吧?"小B问道。

君子点头,似乎身体也在摇晃着。

"没错。她从小学开始就练书法,所以字迹比年龄老成许多。"

所以……小A心里暗暗点头。

"自杀动机您心里有数吗?"小B问。

"一点都没有。"君子回答,声音有些颤抖。

"不好意思,能不能问一下您前夫在哪儿?"小A问。

"他两年前去世了,肺癌……然后靠我一个女人抚养着悠纪子。我在町田开了一家小水果店。"

"您女儿跟她父亲关系很好吧?"

"是啊。她是独生女,我丈夫由于工作性质成天在家。他一直很宠女儿。"

"您什么时候决定再婚的呢?"

对这个很直接的问题,君子和她身边的安藤都一脸不知所措。

131

"最近才决定的。"君子答道,"安藤是做批发的,我们就是这么自然而然认识的。"

"一个月之前由我提的结婚。"安藤说,"但这和此次事件有关系吗?"

小A看了看他们俩,深吸一口气说道:"可能您女儿反对二位的婚事呢。"

君子本想控制一下情绪,但还是有些慌乱。"不可能,我第一个跟她商量的。她说让我按自己的心意去做就好了。"

"那您女儿改变主意是那之后的事情了。"小A说着转向安藤,"安藤先生?"

"嗯?"

"从提出再婚到今天为止,您有没有表现出觉得悠纪子是累赘的态度?"

"累赘?不可能。为了让她接纳我,我可是做了不少努力啊。所以,虽说这次旅行是代替蜜月旅行的,我们也带上了这个孩子。"

小A摇了摇头:"但是悠纪子似乎并不认同您是他父亲。我问过悠纪子是不是跟妈妈一起旅游的,她回答说是。要是真对您心无芥蒂,她肯定得说爸爸也来了之类的吧,是不是?"

安藤和君子又对视了一下。两人都沉默了,没多久安藤好像想起了什么,对君子说道:"我们之前不是在店里聊过吗?她是不是听到了我们的谈话?"

"之前?"

"就是那次啊。就是说什么时候要孩子那次。"

"啊……但是那又怎么样?"

"那个时候我不是说了吗?我想早点生个我们俩的孩子。我没有别的意思,但是听的人会觉得我没把悠纪子当亲生女儿。啊,但是那次真的是随便一说啊……"

"你是随便一说,但对孩子来说可能是很大的打击。怎么可能啊……那孩子很喜欢你的。她已经认可你做她父亲了啊。应该认可了嘛。"君子不断地重复着,但是语气越来越弱。

"还有,"安藤看着小A说,"你怎么知道那封遗书是悠纪子写的?我听说上面没有署名啊?"

"是啊。我们可是绞尽脑汁想了好久。其实到刚才为止,我还以为是别人的。但是遗书没署名这件事给了我很大的启发。"

"你的意思是……"

"为什么没署名呢?我想了想。如果自杀了,反正也会被人知道身份,没有不署名的道理啊。所以我想,可能她想署名,但是出于某些原因不知道该写什么名字——有没有这个可能呢?但是到这里就陷入了死胡同。直到我看到安藤先生的手指。"

"手指?"他看了看自己的手掌。

"安藤先生的无名指上戴结婚戒指了,对不对?跟您太太的一样。我看到它就确定了您三位的关系。同时我明白了悠纪子说的跟母亲两个人旅行这句话的意思。就是说,悠纪子不知道该写安藤悠纪子,还是写元西悠纪子。"

这时,有人"啊"了一声,是君子。

"还是应该再给她一点时间。"安藤的声音很低沉。

没过多久,警察找到了悠纪子。据说她在附近的购物街闲逛了很久,警察问她准备去哪里,她说不知道。

在候机厅见到悠纪子,君子号啕大哭。悠纪子却一滴眼泪都没掉。

安藤扶着悠纪子的肩膀,看着她小声说:"咱们再谈谈吧。"

悠纪子并没有回答他,只是低下了头。"对不起。"声音还是很清晰的。

小A和小B一起出了候机厅去等出租车,碰巧遇到了刚才那对老夫妇。

老奶奶注意到了小A她们。"今天晚上住这里吗?"她问她们。

"是啊。"小A回答,"您二位是来旅游的吗?"

"不是,我们住这里。前两天去东京的儿子家玩了几天。"

"啊……"这跟小B的推理大相径庭。

"我们在这里有一个苹果园,但是没人继承了。我们本来想说服儿子来着。"

"那您儿子怎么说?"小A问。

老奶奶笑着摇了摇头:"我最后也没说出口。儿子有儿子的事业……虽然他对苹果园还有点留恋……"

"哎呀,你跟人家瞎说些什么啊。"老先生的语气不太高兴,"我们反正是到死都要守着苹果园了。等我们死了,他们总会有办法的。"

"是啊,是啊。"

"你这个老太婆真是多嘴多舌啊。"

正说着,出租车开了过来,两位老人家坐上了车。小A她们看着出租车远去。此时，又有一辆车来了。

"哎呀，"小B叹道，"累死我了。"

"到酒店后，去喝一杯怎么样？"

"赞成！"

两人上了出租车。

此时，一个巨大的阴影从窗外映入小A的眼帘。又一架飞机起飞了。

幻影乘客

1

三月十五日，上午八点，羽田机场内的新日航乘务员室内。

电话铃响的时候，附近没有人。正在做起飞前乘务准备的早濑英子，即小A，毫不犹豫地接起电话。

"您好，这里是新日航乘务科。"

小A口齿清楚，对方却似乎迟疑了许久。小A有种不祥的预感。

不一会儿，对方开口了："喂。"是个男人的声音，听上去阴沉而含糊。

"这里是新日航乘务科。"小A重复了一遍。不祥的预感越来越强烈。

"我接下来说的话，你要听好。"男人的声音还是那么含混不清，"昨天，我杀人了。"

小A的心脏怦地猛跳。"啊？您能不能再说一遍？"

"我说过让你听清楚，不是吗？我……我昨天杀了人。听……听懂了？"男人的声音有些颤抖。

小A马上环顾四周。正好小B，即藤真美子进来了。她一脸轻松，应该是刚去过洗手间。

"那个……这电话有点听不清楚。可否请您再大声点？"

小A一边对着电话说，一边闭上一只眼睛暗示小B。但是小B懵懵懂懂地也闭上一只眼睛，歪着头看她。

"你给我听好了。"电话里的男声比刚才高了些，但是那种口齿不清的感觉没什么变化。也许他用手绢之类的东西遮住了话筒。"昨天我杀了你们一个乘客，是个女人。我在停车场杀了她又开车运走，至于运到哪儿去了——"

"您……您能不能稍等一下？"

小A朝小B招了招手，指了指墙上贴着的一张纸。上面写着：

如果接到可疑电话：

一、请用"听不清楚""请详细说明"等拖延时间。

二、请让身边的人阅读此说明。

三、阅读此说明的人请立即拨打以下号码向机场警察等报警，对可疑电话进行追踪定位：

追踪定位申请×××-××××

机场警察

CAB警务科

航运科

小B的脸色终于变了。她屁股猛地撞到桌角，慌慌张张地奔向另一部电话，请求进行追踪定位。

"你那边怎么这么乱？是不是搞什么小动作？"那男人说。

"没没没……然后您怎么样了？"

"啊？哦……然后，对了，我在停车场杀了人，然后开车运到港口那边。我把死者扔进了东京湾。"

拿着听筒的小A手心冒汗，口干舌燥。

"那……那您想让我们怎么做？"

"钱啊！钱！你们得给钱！不给钱我就上你们的飞机，把乘客一个一个都杀光！这种事要是让媒体报道了，看谁还敢坐你们的飞机！"

"可是就算您让我们出钱，我们也……"小A说着，自己也觉得是在装傻，可她也想不出别的对策，总之先拖住他。

"我知道，我知道。所以我还会再打来的。你们等着瞧，东京湾肯定会出现一具女尸。等她被发现了，我就会再打过来。在那之前不许报警！当然之后也不许报！再见！"

男人径自挂断了电话。

2

同一天上午九点整，羽田机场北侧的停车场里。

年轻的收费员正在巡视停车场里的汽车。停车费很高，但还是有几辆车停在这里好几天。

收费员在停车场最里面发现了那个东西。在两辆车之间的一个车位的地上,有一个黑箱子似的东西。

这是什么?

收费员走了过去。他马上发现那是个女式手袋,捡起来一看,还是崭新的。打开看看,里面装着一些化妆品及其他小东西。

是客人掉的吧?怎么连手袋都能掉呢……

他拿着手袋回到收费站。里面坐着一个岁数大些的收费员,正打着哈欠。

"那是什么啊?"岁数大些的收费员看着手袋问。

"好像是客人掉的。就在停车场里面。"

"里面有东西吗?"

"有啊。我还没仔细看。"

"嗯……要是有什么东西能显示失主是谁,就联系人家——"话说到一半,岁数大些的收费员的目光突然停在半空中。他指着手袋的侧面,结结巴巴地说:"那……那个……是不是血啊?"

"啊?"年轻收费员也看过去。手袋的侧面还真沾着黑红色的东西。"啊!"他吓得把手袋丢了出去。

搜查员不久就赶来了。他们详细调查了那个手袋以及它掉落的地方。

"手袋是深茶色的楚萨迪——一个奢侈品牌。应该买了没多久。里面装着口红、粉饼盒、小包纸巾、手绢、缝纫包,还有新日航的航班时刻表和一张用过的登机牌。"

搜查一科的年轻刑警山本向老刑警渡边报告。渡边年纪四十整，已经开始有白头发了。

"钱包呢？"渡边问山本。

"没有钱包、银行卡和信用卡。也没有可以证明身份的东西。"

"嗯……"

"应该跟那个给新日航打电话的男人有关吧？"

"不知道啊。不管怎么说，依然没发现尸体。"

东京湾那具尸体还没有消息。

"登机牌上的日期是几号？"

"三月七日。从札幌到东京的一〇八次航班。"

"就写着这么多？"

"是的。应该是指定座位，但是写着座位号的那部分被人撕掉了。"

"为什么撕掉了？"

"我也不明白。到底为什么呢？"山本摇摇头答道。

总之，首要问题是找到手袋的主人。渡边和山本再次来到新日航乘务科。他们之前已经来过一次，对那通奇怪的电话进行了询问。

渡边来到乘务科，跟远藤科长讲了事情的原委，想看看三月七日一〇八次航班的乘客名单。

"那当然没问题，但是想知道全体乘客的姓名和住址可能很困难啊。"远藤抱歉地说。

"你的意思是……"

"乘客名单是根据机票登记的。如果是通过常规途径买的票肯定没问题，但是如果是使用优惠券或者是托人买的，姓名可能就不一样了。"

"原来如此。那我们就在能力范围内调查吧。"

"我明白了。"

远藤起身离开了。这时，走进来一个胖胖的空姐，好像专门等他离开一样。

"查到什么了吗？"胖空姐小B的眼睛闪着好奇的光芒。

"没，还什么都没查到。"年轻的山本含糊地回答。此前询问的时候，他们明明想听小A说，但小B总是唾沫横飞地插嘴。

"我听说你们发现了一个带血的手袋啊？"

"你听说了啊……"

"停车场果然发生凶杀案了？"

"这个嘛……"山本挠挠头。渡边似乎要去厕所，赶紧走出了房间。

"我还听说被害人坐过三月七日的一〇八次航班？"

"是不是被害了，还不一定。有没有坐过那个航班，也不一定，只是发现包里放了一张登机牌而已。"山本谨慎地回答。

但小B可一点都不客气。"那个一〇八次航班，我可是乘务组的一员！"

"啊？你说什么？"山本瞪圆了眼睛。

"不光我啊，小A——早濑英子也在啊。哎哟，那架飞机上的乘客里到底谁被杀了啊？"

"我说，那个时候你有没有发现什么奇怪的事？"

"奇怪的事？"

"就是跟平常不一样的情况！"

小B夸张地抱着胳膊，故意面露难色。

"一〇八次航班……就是从札幌飞回来的那次喽。那次乘客好像挺少的，也没什么特别的事情啊。"

"这样啊。"山本淡淡应答道，看来他原本也没有指望她能提供什么线索。

"哎，你们觉得那凶手真想那么做吗？要是拿不到钱，就杀掉新日航的乘客？"小B反过来问他。

"这我也说不准。从来没见过用这种方式威胁一个企业的。估计精神不太正常。"

"要是真有人被杀了，事情就闹大了吧？"

"那是肯定的。真是这样，就一定要将凶手绳之以法。"

山本正说着，远藤回来了。小B迅速钻回了准备室。

3

"大家都说是恶作剧呢。"小A喝着餐后咖啡说道。她和小B同租一间公寓。

"你说那个电话？可是停车场找到带血的手袋了啊，报社记者也来了。"小B一边大口吃甜点一边说。她脸上明摆着一副"要是恶作剧就太没劲了"的表情。

"手袋的确有问题……但是打那种恐吓电话的人，真的会来杀咱们的乘客吗？"

"可能那人脑子有点毛病，也说不定他是认真的。现在这个世道，发生什么都不奇怪。而且，要是这种事真被公开了，坐新日航的人肯定锐减。所以现在正瞒着媒体呢，不是吗？"

虽说停车场的血手袋已经公开了，但是那通诡异的电话还在保密中。公司里也只有一小部分人知道。那通电话，最后也没能追踪到来源。因为小B弄错了电话号码。

"但是没发现尸体啊。"

"沉到海底了嘛。说不定还绑了石头什么的。"

"但是感觉凶手很希望我们赶紧发现尸体。只有死者身份能很快确认，新日航乘客的身份也板上钉钉，凶手的恐吓才有意义，不是吗……"

"那……那肯定有隐情！"

小B说着，一个劲地拿叉子刮空盘子。想不到答案时，她就会说"肯定有隐情""肯定有谁在幕后做推手"之类的。这是她的特点。

"我觉得，就是对新日航怀有恨意的人搞的恶作剧。"小A念叨着。

4

过了两天，调查还是毫无进展。这一日，小A结束了大阪到东京的航班乘务，回到乘务室，见到两位面熟的刑警正坐在那儿等她。正是渡边和山本。

就在他俩的身边，理所当然地坐着小B。一般这种时候她都会出现。她到底什么时候上班啊，小A很纳闷。

除小B之外，乘务长北岛香织也在。

"手袋的主人还是没找到。"香织皱着眉跟小A说。

"乘客名单也没什么结果吗？"小A问刑警们。

回答她的是年轻刑警山本。"能联系的我们都联系了。还有人看了报纸就出来承认自己坐过那班飞机。但是现在还没对上号，还剩十几人，有住址的只有三人。"

"手袋的主人肯定就在这十几个人里。"小B斩钉截铁地说，"而且失主本人不可能出来认领吧。都被杀了嘛。"

渡边咳嗽着把脸扭向了小A。"你那天执行了航班乘务，对吧？"

"是啊。"

"其实我想让你们看看，就把这个带来了。"他拿出来的正是那个手袋。血痕很是恐怖。"眼熟吗？"山本问道。

小A稍稍看了看，还是摇了摇头。"再厉害也记不住全体乘客的行李啊，而且还过了这么久……"

"我也努力回想来着，还是想不起来。况且这包实在没什么特点。"北岛香织也表示束手无策。

"对啊，北岛小姐也在那趟航班上。"小A想起来了，然后对刑警们说，"你们有没有询问一下那趟航班上的其他空姐？"

渡边呷着下嘴唇点点头。"我们问了，但是答案都一样。我看没什么希望了。"

"我能看看包里有什么吗？"小B仰头看着渡边问道，"你想想，我们对包没印象，但是可能见过里面的东西啊。"

"也有道理，那就看看吧。"刑警无奈地答道。

小B像个收到玩具的孩子，兴奋地打开包，把里面的物品一个一个装进塑料袋里。

"啊，这口红可是新品！"她话音没落就拿出口红，打开盖子。

"你这么随便打开，我们会很为难的啊……"山本嘟囔着。

"你们一定都采集过指纹之类的了吧？"

"但是……"

"小藤，你差不多得了啊。"

北岛香织严厉地呵斥道，小B一脸不快地把口红放了回去。

这时，小A脑海里闪过一道灵光。她觉得有什么东西不对，但究竟是什么，她还拿不准。

"那之后就没有奇怪的电话打来了？"渡边问香织和小A，没理小B。

"是啊，再也没有过。"小A回答，"也没听说东京湾发现了什么尸体啊。"

"就是啊。总觉得这事情会这么糊里糊涂地结束。"渡边苦笑着挠了挠头。

但是事情并没有结束。

此后，小A在东京和札幌之间飞了个来回，回程正好是一○八次航班——正被调查的那趟航班。

"啊，那个，你过来一下。"

小A正在通道上走着，有个声音叫住了他。她一回头，看见一个穿着灰色西装的商务人士正冲她招手。

她微笑着靠近，那男人掩着嘴小声说："关于那件凶案的事情……"

"什么？"

"就是那件凶案啊。报纸上登了的那个。羽田机场停车场发现了一个带血的手袋的那件凶案啊。"

"啊……"小A确认了周围没人听见，接着说，"那件凶案怎么了？"她也把声音压低了一个八度。

"我听说失主是三月七日的一〇八次航班的乘客？其实我当时也在飞机上！"

"是吗？"小A一脸震惊地重新审视他。

"我因为工作关系经常坐这班飞机。警察也来问过我，但是我不在，所以还没来得及答复。"

"您说答复？"

"嗯。其实我对那个包很有印象。要是我没记错，就是那天航班上一个女人的包，我看见她了。"

"真的吗？"小A不由得大声问道，周围投来了好奇的目光。

"真的啊。所以要是我的线索能帮上忙就好了。有需要的话，到了东京我可以去趟警察局。"

"我明白了。请您稍等。"

小A进驾驶室向机长报告了情况。机长马上联系羽田机场,等待指示。没多久,警方回复说让他们在乘务科等候。

小A回到那个男人旁边,告知警方的要求,他痛快地答应了。

"那天飞机很空,安全带指示灯一灭,我就看见那个女人走过来,坐到我旁边隔着过道的座位上。要说她有什么特征……年纪差不多二十五岁吧。短发,长不及肩,也没烫过,就是乌黑的直发。"

在乘务科的接待室里,那男人对渡边和山本描述着。他姓成田,是某商贸公司的职员,三十一岁,单身。因为经常出差,每个月要去好几次札幌。

接待室里除了他和刑警,还有小A和小B。

"她穿什么样的衣服?"山本摊开记事本问道。

"我记得是偏白色的套装,个子……跟她差不多吧。"成田指着一旁的小A说。小B面无表情。

"你还记得她的长相吗?"渡边问。

成田仿佛正等着他问似的深深地点了点头。"记得很清楚。她皮肤很白,圆脸,眼睛俊秀细长。虽然脸有点圆,但是圆得恰到好处,绝对不是包子脸。"

听到这里,山本迅速地瞟了一眼小B,又马上低头看记事本。

"她妆化得不浓,唇形很美,所以我印象很深刻。"

"听起来是个美女啊。"渡边说。

"的确很漂亮。可能这也是我记得很清楚的原因之一吧。"成田说着,不好意思地笑了。

"你是说看到美女连美女的包都能记得清清楚楚？"

"倒也不是这个意思，当时她从包里拿出口红补过妆，我对她这个动作印象非常深，所以连包的样子也记住了。"

小A觉得这人好像一直在观察那个女乘客。

"那你跟她交谈过吗？"

"嗯，两三句而已，说得不多。我不太记得谈话的内容了，只记得她说话让人感觉很舒服。"

"她说话带口音吗？"

"不带，一口非常标准的普通话。"

"哦……"渡边一边点头一边沉思着，像是在想象成田口中那名女子的形象。

小A也试图勾勒出她的样子：一个美女，说话让人感觉很舒服。

当时的飞机上，有过这样一个女乘客吗？小A努力回想着。无奈过去太长时间了。而且，跟偶尔乘坐飞机的客人不同，小A她们每天都要接触形形色色的人，想不起来也正常。

最后刑警拿出那个包让成田看。"大概就是这个包。"成田说。

"那你再看看这个。"渡边从包里取出一支口红。

成田眼睛一亮。"没错，就是它！她当时就用它补妆来着！"他一口断言道。

5

又过了两天。

结束工作的小 A 和小 B 朝乘务科走去，在走廊里遇到了垂头丧气的山本。

"你怎么了？这么垂头丧气的。"小 B 的语气非常自来熟，略显夸张。

"啊……"山本只是筋疲力尽地应付。

"看样子，你的工作进展得很不顺利啊。"小 B 饶有兴味地说。

山本眼里恨恨的，却完全没有力气跟她抬杠。

"到底怎么了？"小 A 问。

"别提了，这事情越来越诡异。"山本哭丧着脸说，"上次之后，我们又调查了好长时间，费了半天劲才把当天航班上所有乘客的身份都搞清楚了。结果，居然没有人失踪！也就是说那通可疑电话里说的杀人案根本没发生。"

"那不是很好吗？"小 A 放心了。她自从接了那通电话就一直悬着心。

"一点也不好。那个包到底是谁的，到现在也没结论。按照成田先生所说，肯定有一个女人是包的主人啊。但是所有乘客都说没见过那个包，连跟那个差不多的包都没见过。"

"这可奇怪了。"

"太奇怪了。"山本的眉毛耷拉成了八点二十分的时钟指针，又耸肩又叹气,"老刑警渡边那个家伙居然说什么后面就交给你了,然后就溜之大吉了……我快憋死了。"

"要不你让成田先生见见所有乘客,指认一下?这样不就马上有结果了嘛。你说呢?"

小B说着转头征求小A的意见。尽管她经常乱出主意,但是这回,小A也不得不赞成了。

"我当然试过啦!"山本表情相当哀怨,"我准备了跟成田先生描述相吻合的几个人的照片,拿给他看。但是他说他看到的那女人不在其中。"

"那你再把条件放宽一些呢?比如可以放宽年龄啊。"

"那飞机上的女人,从五岁小孩到七十岁老奶奶的照片,我都给他看了!他居然还说没有。我连有些女性化的男人的照片也给他找来了,然后他就跟我急了……"

那是得跟你急——小A忍住笑点点头。

"剩下的就是买机票的人跟实际搭乘飞机的人不一致这个可能性了。"

"就是啊!"小B大喊一声,"实际去坐飞机的人才是包的主人!她可能被人关起来了……说不定已经……"

她就是唯恐天下不乱。小A没理她,接着说:"会不会是成田先生搞错了?他总坐飞机,是不是搞错了日子?"

山本使劲摇了摇头。"他说绝对没记错。他甚至怀疑我,还问我是不是真的把所有人的照片都拿给他看了。我说就剩空姐没看过了,他说不是空姐……"

小A觉得应该就是买机票的和坐飞机的不是同一个人，但是买机票的人故意隐瞒，又是为什么？

"要是没那通可疑电话，那个包就是普通的遗失物品而已，虽说上面沾着血迹，有点不合常理。要么就是这些全是恶作剧，可是成田先生的证言摆在那儿啊！所以我也没办法草草了事……"

山本话里话外让人感觉成田的证言是最大的麻烦。

"这就是个幻影乘客嘛。"小B说。回到公寓，她吃了饭，正在看书。虽说是读书，但她读的不过是少女漫画、女性周刊一类。

"总觉得挺奇怪的。"小A心不在焉地看着电视广告，歪着头沉思，"如果不是恶作剧，那为什么确认不了被害人的身份？包里也没有任何身份证件，到现在连尸体也毫无踪影。"

"所以说，"小B往沙发上一躺，"嫌疑人一定有什么深层次的考虑，很深的那种。"

小A苦笑着叹息。说起想事情单纯肤浅，小B绝对有发言权。

为了不让自己再钻牛角尖，小A准备好好看看电视。这时，画面上正好是一个东西的特写镜头，这东西她见过。电视上播放的，正是那支装在带血手袋中的口红的广告。"这个春天，让你的双唇绚丽绽放……新上市。"画外音的女声回荡着。

小A直勾勾地盯着电视屏幕，眼睛猛然间睁大了。

"没错，那支口红果然有问题！"她噌地站了起来。

6

第二天中午刚过,山本带着成田出现在乘务科。他们看上去有点紧张。

迎接他们的是小 A 和小 B。

山本问她们:"来了?"

"是啊。"小 A 笑着回答,"就在接待室等着呢。"

"那我们赶紧过去吧。"

山本马上走过去。跟在他身后的成田一脸不安。

"那个……这是真的吗?那个包的主人出现了?"

"当然是真的!怎么了?"

"没……"成田欲言又止。

他们进了接待室,有一个年轻女人正等在那里。山本、成田、小 A、小 B 鱼贯而入。

"我是寺西惠。"年轻女人自我介绍。她有一张圆脸,是个大美人。

"你说你就是手袋的主人?"

山本问得很沉着,女人点点头。

但是马上有人接道:"骗人!肯定不是你。"成田指着她说,"喂,你为什么撒谎?那个包怎么可能是你的?"

面对突如其来的责问,寺西惠有些不知所措。

这时山本插了一句："哎哟，你冷静一下嘛。你怎么就能断言她不是包的主人？"

"那是因为……总之她跟我见过的那女人长得不一样。"

"但也不能说你见过的那个女人一定就是包的主人，对不对？也可能她只是用了一个跟这个差不多的包。不管怎么说，人家本人都出来认领了，我们也只有相信，对不对？"

"但是……"成田没有继续说下去，过了一会儿，他好像想起了什么。"我知道了。如果你真是包的主人，那一定说得出为什么包上会沾血，是不是？"

寺西惠微微一笑："对啊，那是当然。"她答得再清楚不过了。成田惊讶得眼珠子都快掉出来了。

"三月十四日晚上，我去停车场取车，突然有个男人从阴影中蹿出来，抓住了我的手腕。我刚要出声，就被他用手掌连耳根都捂住了。他问：'你是不是坐过三月七日的一○八次航班？我那时就盯上你了！'我当时特别害怕，一激动就咬了他的手指头一口，趁他一松劲就准备逃跑。但是他穷追猛打地拽着我的包带不放，我只好连包也不要逃进了车。我到家一看，发现牙上还沾着血呢。所以我觉得包上的血应该是那个男人的。"

寺西惠滔滔不绝。山本认可地点了点头。只有成田目瞪口呆，好像在看什么稀有动物一样，张大了嘴看着寺西惠的脸。

"胡说！"没过多久，成田嚷道，"你说的都是什么？你干吗胡说八道骗人？你还真是编得有模有样啊……"

"成田先生，"旁边的山本安抚道，"你凭什么就说她是胡说八道呢？

你不觉得她说得在情在理吗？"

不知是不是理屈词穷，成田沉默了，脸憋得一直红到了耳根。

"我可觉得这是相当珍贵的证词啊。"山本继续说，"正如寺西小姐所说，嫌疑人可能当时也在飞机上。如果包上的血迹就是凶手的，那么，基本就能断定嫌疑人是谁了。逐个调查就能查出真相来，正好我们掌握了全体乘客的名单。"

"等、等一下！"成田慌慌张张地插嘴，看着寺西惠说，"我说你啊，能不能说真话啊？什么被男人袭击，编的吧？"

寺西惠完全不为所动地回答："我没有。"还摇摇头，"全都是真话。"

"你……"成田都快哭出来了。

山本愈发沉着地说："走吧，先去一趟警察医院，就从成田先生的血型开始查起吧。没问题的，是不是同一个人立见分晓！"

"别别，你突然跟我来这么一出，我实在是……"

"很快的，马上就好。要不就是你有什么见不得人的隐情？"

"没……没有。"

"那就赶紧跟我们去验血吧，来吧来吧。"

山本抓起成田的手腕就要逼他去验血。跟着起哄的小B也附和着"来吧来吧"，然后是小A"来吧来吧"，最后连寺西惠也加入进来，说着"来吧来吧，来吧来吧"。

"对不起！"被她们三人逼得走投无路，成田崩溃了，抱着头，带着哭腔说道，"全都是我一个人策划的。"

7

"辛苦你了,就演到这儿吧。"

小A话音刚落,寺西惠微微一鞠躬,瞥了成田一眼,出了房间。

"她啊,是新日航的空姐,我们的一个年轻同事。这都是为了逼你说真话,才演给你看的。"小B张大鼻孔说。好像这些都是她安排的似的。

"还是露出马脚了啊。我说怎么怪怪的……"成田彻底泄气了。

"既然你都认了,就全都坦白了吧。"

山本这么一催,成田失望地垂着肩点了点头。他小声地开始讲述。

"三月七日我真的搭乘那趟航班了,是出差的回程。有个漂亮女人坐在我旁边也是事实。她既高贵又知性,还特别有女人味……我完全被她迷住了。当时脑子就蒙了,完全没想起来问她姓名和地址什么的。"

"有那么漂亮吗?"山本问,好像也特别想见见那个人一样。

"真是个美人啊。分开以后我对她的思念更是欲罢不能。无论怎样,我都想再见她一面。我那时候真是为这事烦恼极了。"

原来如此,小A终于明白了。她渐渐明白成田的目的究竟是什么了。

"我先问了新日航能不能提供乘客名单。可是那个负责人太小气,根本不给我。"

"那不叫小气,那是规定。"小B这话说得一点都不像她。

"然后我就想怎么才能见到所有乘客,于是就想到了现在这个办法。"

"你把沾了血的包扔到停车场,然后给乘务科打电话说杀了人?"小A向他确认。

"正是。我怕染了血的包还不够让警察全力以赴,就打了那通电话。然后再找个合适的机会,声称见过拿那个包的女人。我盼着警察能让我见一见全部乘客。要是能让我见到她,我就跟警察说我记错了,然后秘密去见她。我的计划本来已经成功了百分之九十九……"

"但是你没见到那个重要的女人,是吧?"小B很开心地说。

"是啊。"成田答得很羞愧。

"简直太厉害了,这么无聊的事情真亏你琢磨得出来啊。"山本以带些佩服的语气说道。

"这对我来说一点也不无聊。那你们到底怎么看出我在撒谎的?"

成田似乎还没彻底投降。

这时,小A接道:"口红啊。"

"口红?"

"对。那个包里的东西,肯定是你凑出来的吧?"

"是啊。我自己买的,蹭的也是自己的血。"

"你还把粉饼和口红都弄成用过的样子。"

"是的。我活儿干得还挺细致的吧?"

"不过你可算计错了。那口红就是三月份刚发售的,最多刚用一个星期,怎么可能少那么多啊。所以,肯定是有人故意伪装成用掉很多的样子。反过来想,就是根本没人用过那支口红。那么,不仅口红如此,那个包和粉饼也一样,根本就不存在什么主人。但是有人偏偏坚持主人存在,那嫌疑人会是谁?"

"所以就是我了?"成田掩盖不住一脸失望,"没想到那口红居然是新品……"

"多亏大伙儿帮忙一块儿演戏啊。开始我还半信半疑,但是看见你那个狼狈样,就知道肯定没别人了!"山本兴奋地说道。他一直被耍得团团转,现在终于痛快了。"跟我走一趟吧。"他让成田站起来。

成田一边起身一边说:"可是那个女人,到底藏到哪儿去了啊?"
他还是心存不甘。

"是你自己产生幻觉了!"山本轻巧地说。

山本他们出去后,小A和小B来到乘务科前面,这时,乘务长北岛香织出现了。香织一见到小B便说道:"小藤,你还磨蹭什么呢?再不准备可就来不及了。"

她还是跟平常一样,说完话急急忙忙地走掉了。

"北岛小姐还是那么烦人啊。"

小B气呼呼地正要进屋,小A拽拽她的袖子,然后指指成田的方向。

成田正傻傻地望着北岛香织远去的背影发愣。

"这不是真的吧?"小B小声说道。

"好像——这就是真的!"小A回答。

"这到底是为什么啊?"成田苦着脸回过头来,"她怎么是个空姐啊?她上次明明坐的是乘客席啊!"

"我告诉你啊,那天,北岛小姐是乘客。她父母家在札幌,她正好从那里回来。空姐不上班的时候当然也能坐飞机啦!"

小B的话好像是在安慰他一般。

"可是……你们怎么没给我看她的照片?"成田这回咬住山本不放了。

山本苦笑一下:"怎么没给你看……那包肯定不是她的,这是调查第一天就了解到的事实啊!"

"是吗……"成田低头咬着嘴唇,半晌仰天长叹道,"好。反正我的目的也算达到了。现在也为时不晚。一定要跟她认识认识!"

"很不幸,太迟了。"小B坏坏地说,"人家回父母家就是汇报结婚的事。今年秋天人家就要结婚啦!"

"啊?这也太残忍了吧!"

"好遗憾哦!嘿嘿嘿……"

"我说,你现在没工夫考虑这事吧?"山本拍了拍成田的肩膀,"先想想怎么受罚吧。"

"天啊……"

目标小A

1

十月九日，星期五。由札幌飞往东京的新日航一〇六次航班——一架 A300 客机，准时于十六点十五分从千岁机场起飞。天空晴朗无风，看来平安抵达东京没什么问题。

在这趟班机上执行乘务的小 A 从乘客中发现了一张熟面孔。正是她的一位前辈，空姐北岛香织。香织的父母家就在札幌。今年秋天就要结婚的香织两个月前刚刚辞职，但小 A 觉得似乎很久没见到她了。

香织坐在靠窗的座位上。好久不见，她看起来比从前更有女人味了。小 A 过去发湿毛巾，顺便轻声问候道："好久不见。"

香织对她报以微笑。她当乘务长那会儿可是严格得很，现在整个人柔和了不少。

尽管私下关系不错，当着这么多乘客的面，还是不好多聊。小 A 没再说什么，像往常一样继续忙工作去了。

飞机按时抵达东京。小 A 等人站在机舱口目送乘客离开，最后一个出来的正好是北岛香织。

"我真是好久没这么好好观察小A工作的样子了。"香织笑眯眯的,意味深长地说。

"乘务长不用再指导我们工作了吧。"

小A故作微怒,香织笑得更开心了。

"这是我以前养成的毛病嘛。开玩笑啦。没问题,小A已经很厉害了,一点都不用担心。让人担心的是你那个工作伙伴……"

然后她转向小A身边的其他空姐,目光巡视一番之后说:"她今天没跟你一起啊,就是那个问题儿童。"

她口中的问题儿童就是小A的闺密小B。小B从前让她很是头疼,现在轮到别人去头疼了。

"她今天应该飞鹿儿岛。"

"是嘛。托她的福,今天的飞机坐得很舒服。"香织笑了一笑,然后话锋一转,"不过,老实说,有件事让我有点别扭。"她的声音突然低了下来。

"发生什么事了?"

"倒也不是什么大事,挺无聊的。就是我旁边那个乘客有点怪。从起飞到着陆,全程埋着头,一次都没抬起过。半路上还呻吟了几句。然后我问'您哪儿不舒服?',那人也不理我,只是摆摆手。"

"那可真是个怪人。"

香织身边坐的是谁?小A努力回想,可她想不起来。

"虽然时间不长,可跟这种人坐一块儿还是让我很郁闷。"香织表情很无奈。

等她走后，小A她们开始检查客舱，然后回乘务科报告了当日乘务情况，她一天的工作就算结束了。

啊，今天也平平安安地完成任务了。

安下心来的小A打了考勤卡。

2

"真美啊，休假的人！"

第二天，从早上起来，小B把这句话重复了不下十遍。今天小A休假，小B羡慕得不得了。

"你说什么呢，你不也有假可休嘛。"小A说。

"我休假归我休假，跟看你休假是两码事。啊，我也想玩。"小B语无伦次，不情愿地出了房间。

小A还想再睡个回笼觉，所以决定下午再出去买东西。

总觉得什么地方不对劲。

在银座的画廊看油画的时候，小A再次察觉到一丝古怪的气息，不由得回头望去。她觉得这种气息跟着自己很久了，好像有双眼睛一直紧盯着她。小B总是说自己被男人盯上了之类的，小A觉得那只是因为小B太自恋而已。但她今天的感觉跟小B那种完全不同。

透过橱窗看向一家珠宝店的时候,她确信自己的感觉没错。因为她的余光瞄到有什么东西动了一下。于是,她假装没察觉背了过去,然后猛一回头。她注意到一个黑影倏地躲到了旁边建筑的阴影里。

穿着高跟鞋的小Ａ向阴影藏身的地方拼命追去,但是那人已经不见踪影了。

我被跟踪了。会是谁呢?

小Ａ觉得很害怕。她一点线索都没有。跟踪一个空姐没什么好处吧。

原本想痛痛快快地玩一天,但她现在决定赶快吃个晚饭就回公寓。这时,被跟踪的气息已经消失了,但她也没了逛街的兴致。

绝对不是幻觉。为什么跟踪我呢……

电车车窗外风景流转,小Ａ呆望着车窗外,脑海里一个劲搜索蛛丝马迹,可是依然毫无头绪。

出了车站,她走向公寓。天色已暗,从车站出来没多远就是一条寂静的小路。这条路在一所小学的后面,晚上没什么人走。小Ａ快步疾行。

不一会儿,她听到一阵汽车引擎声。开始也并没什么异样,但汽车大灯的灯光突然开始急速逼近,她不由得回头看了看。

两束灯光直射过来。车头灯全开,让人无法直视。小Ａ觉得一阵目眩的同时感到了危险。汽车朝她直冲过来。

小Ａ尖叫着跳向路边,落地的时候一不留神跪在了地上。这时,车轮唰地从她身边掠过。

她傻在那儿好几分钟,又惊又怕,完全无法动弹。等清醒过来,她拽起包跟跟跄跄站起来,直愣愣地在原地呆立了好久。

汽车又从同一个方向开了过来。小A赶紧把包抱在胸前，身体紧贴到墙壁上。但是这次车速度大降，车灯也正常了。

目送汽车的尾灯远去，小A疯狂地往家逃去。

回到公寓，发现小B已经回来了，正在屋里闲待着。一开始，她完全不相信小A被袭击的事情，但是看着小A惊慌失措的神情，她渐渐地也有些不安起来。

"你怎么会被人盯上啊？"

"我怎么可能知道这种事情！我倒希望谁提前通知我一声。"

"你是不是跟谁结怨了？"

"我想不出来。"

"是吗……每个人都这么觉得。"

"每个人是什么意思？"

"我是说被人盯上的人都这么觉得吧……不过小A不一样啦，我可是相信你的哦。"

小B连忙摆手。小A瞪了一眼她的圆脸。都这个时候了，她还不分轻重地开这种不知真假的玩笑，但这倒也没什么。

小A既没记住车牌也没记住车型，所以决定先不报警。况且她只是差点被撞，并没有真的受伤。要是跟警察说觉得自己被人盯上了，也只是给警方徒增麻烦而已。

"莫非是个手生的变态？专门盯着美女……要真是这样，我也得注意安全了。"小B一脸认真，咔嚓咔嚓地嚼着曲奇。

3

第二天下午,小A正在乘务科等候登机,远藤科长把她叫了过去。她还在想到底是什么事,远藤就小声告诉她,警察来了。

"警察?"

小A的脑海里一下子浮现出昨晚的情景。可这件事除了小B应该没人知道。

远藤继续说:"据说是发生了什么案件,想确认一下相关人员的行动,所以想见见前天一〇六次航班的乘务员。"

看来跟昨晚那件事没什么关系。

"前天的一〇六次航班?啊……"

小A的确执行了这趟航班的乘务。这趟航班从札幌回来,那天北岛香织意外地出现在了航班上。

"当然,他们也会询问其他乘务员,但是现在只有你在。不好意思,你能不能去一趟?"

"我知道了。"

小A来到接待室,两个刑警模样的男人正在跟宣传科长谈话。她进来后,宣传科长就出去了。一番自我介绍之后,她坐在了沙发上。

"不好意思,打扰你工作了。"这位刑警姓坂本,他轻轻朝她点了点头。坂本看起来三十五岁左右,脸上透着精明能干。"其实也没什么大事。就是想问问这张照片上的人前天有没有乘坐一〇六次航班。"

坂本说着把手伸进西装内袋，掏出一张照片。

"哦，但是我也不可能记得所有乘客的长相啊。"

"我明白，但还是希望你能看看。"

小A接过刑警递来的照片。照片上是一个穿着西装、职员模样的男人，表情严肃。小A大吃一惊。

"你记得这个人？"刑警探过身来问道。

小A没有直接回答他。"这个人，不是冢原吗？"她问道。两个刑警惊讶不已，对视了一下。

"的确姓冢原。你怎么知道的？"坂本问。

"我认识他。他是我大学时代的朋友……"小A说着看向坂本，"警方难道不是早就知道我认识他吗？"

坂本一听连忙摇头："没有，我们也很惊讶啊。我们绝对连想都没想到过。我们觉得空姐可能会记得乘客的长相才来问你们的。真巧啊。你们现在还有来往吗？"

"没，最近没见过……"

"哦……"事情的发展出乎意料，坂本一时不知如何是好。"那这人前天到底有没有坐那班飞机？"总之先把话题拉回来再说。

"没有，我觉得没有。"小A回答，"他要是坐那班飞机了，肯定会跟我打招呼的。"

"可能吧……"

"难道冢原声称坐过一〇六次航班？"这回轮到小A发问了。

171

"没，倒也不是这么回事。"坂本稍微有点语无伦次。

然后他问了问冢原在学生时代是个什么样的人之类的问题。事情到了这个地步，他只是觉得应该顺便问问。小A也大概说了说。

"那个……冢原究竟跟什么案件扯上关系了？"最后还是由小A发问。她一直惦着这件事，但是刑警口风很紧。

"没什么。不是什么大事。冢原也不过是众多相关人员之一而已。"他用模棱两可的话敷衍了几句。

跟刑警道别后，小A回到乘务科，呆坐了好一会儿。冢原的事情一直在脑海里萦绕不去。他到底卷进怎样一个案件了呢？刑警说他只是众多相关人员之一，但是他们问的问题听上去倒像正详细调查他。

他是嫌疑犯？怎么可能……

小A轻轻摇摇头。

她回想起一排雪白的牙齿。因为肌肤晒得黝黑，冢原的白牙让她印象深刻。

冢原和小A并非单纯的熟人。他们曾经是一起憧憬过未来的恋人。

两人相遇是在东京大学的网球队。比小A高两级的冢原是个温柔可靠的男生，教养很好，话题丰富。小A身边追求者络绎不绝，但是没人能跟他相提并论。

最后，在冢原毕业时，两人分手了，原因是思维方式的分歧。冢原想让小A一毕业就结婚，然后一心扑在家庭上，可是小A有很多想做的事情。那个时候，她其实已经开始对每天去大学上课这样的生活产生疑问了。

冢原毕业后不久，小A申请了退学，参加了新日航空姐的招聘。此后，两人彻底分道扬镳。

他们很久都没有再见面。现在他们也互不知道对方的地址，因此通信也断了。

两人再次见面是三个月前，是在大街上偶遇的。但是这事跟刑警有点难以启齿，所以她瞒着没说。

"这不是早濑吗？"

他这样跟她打招呼。当她看清眼前的人是冢原的时候，一瞬间全身像通了电一般僵住了。但是看着那张多年未见的脸，小A也渐渐露出了自然的笑容。

在商贸公司就职的冢原已经成了一个成熟的男人，一副能干的商人模样。他的五官还是那样深邃，好像胖了一点，还白了一些。

小A当时一个人，他则跟同事在一起。经过简单的介绍，他跟同事分开，两人走进了附近的咖啡店。

"你变了。比以前更漂亮，更有生气了。"

冢原说着，流露出被她的光彩照得目眩的神情。小A的脸有点红，问了问他的近况。他现在在东京总公司的工业机械部工作，主要负责国内贸易，经常出差，差不多一个月有半个月在外面。他仍然单身，开着玩笑说"现在这样怎么可能结得了婚呢"。

"你也还是一个人？"他问得有些犹豫。

"对，还是一个人。"

"哦。"

然而关于这件事，他再也没有多说什么。分别之际，他给了她一张名片，背面用圆珠笔写着他家的电话。

"要是你想起我的话……"

他稍稍低了低头。小 A 什么也没说，接过名片装进背包。

要是想起你的话……

小 A 回想那天的情景，轻叹了一声。一想到他，她的确会有些心跳加速。他或许也正在等待她的电话。但她没有打过去，绝不是因为她想不起他。

这天晚上，小 A 回到公寓，跟小 B 说了白天的事情。她之前把冢原的事情告诉过小 B。当她说到刑警给她看的正是冢原的照片时，小 B 被刚要咽下去的啤酒呛着了。

"那张照片上那个男人，正是你前两天说的那个男朋友？"小 B 一边拍着胸脯一边问。

"是前男友。什么叫'那张'照片？难道你也看过？"

"今天飞行结束时，一起执行乘务的小惠被刑警叫走了，我也跟了过去。那时候看到的。"

"哦……"

小惠名叫寺西惠，是比她们晚进公司的空姐。小惠前天也在一〇六次航班上，所以刑警也找了她。什么"跟了过去"，说成一副助人为乐的样子，其实不过是小B的八卦本性又发作了。

"刑警问照片上的男人是不是坐了一〇六次航班。小惠说她不记得了。听说其他空姐也都这么回答。"

"要是他在飞机上，肯定能看到我。这想法我跟刑警说过了。"

"刑警可是很谨慎的。小A你应该清楚啊。"小B鼻孔又张大了，一脸"刑警的事我最清楚"的表情。

"你说得也没错。我更想知道他们究竟在查什么案件。"对小A来说，这件事最要紧。她翻了不少报纸，没发现什么可疑的案件。

"具体的我不知道，但听说是杀人案哦！"

小B说得很干脆，小A惊讶地看着她。

"你怎么知道的？"

"我缠着那个姓坂本的刑警问了半天呢，还问了宣传科长。他们似乎正在调查盛冈的那起杀人案。"

"盛冈？那为什么在东京调查？"

"因为被害人是东京人嘛。据说是去盛冈出差，在当地酒店遇害，好像是被人勒死的。既然被害人让凶手进屋了，那他们肯定认识。"

她究竟怎么问出这些事情来的，小A觉得很不可思议，可小B真的知道很多。一遇到事的时候，她完全按捺不住自己八卦的心思。

凶杀案……

这样的大案会跟冢原有关吗？

"出差，被害人又是在东京工作，难道那家公司就是F商贸公司？"小A问。

"没错，就是 F 商贸公司。应该就是的！"

"果不其然……"

冢原正是就职于 F 商贸公司。

小 B 怯怯地问："所以那个姓冢原的人就被怀疑了？"

"有可能。"小 A 说，"遇害的人可能跟冢原有什么关系。"

"但是仔细一想还是有点奇怪。既然凶案发生在盛冈，为什么要问是不是坐过札幌飞来的航班？"小 B 歪着脑袋。

"不明白。不过也许……"小 A 欲言又止。

"也许什么？"

"也许……他们是在确认不在场证明。"

"不在场证明？"

"警方询问不在场证明时，冢原可能回答他当时在从札幌到东京的飞机上。"

白天小 A 问起的时候，坂本曾说冢原并没声称自己在那架飞机上……

"是吗……那么，小 A，你们的证词对冢原很不利啊。"

"嗯，的确。但是我们都不记得，也不代表他真的没坐过一〇六次航班啊。"

话音刚落，小 A 顿时觉得自己的证言和之前仿佛略有不同。如果冢原在飞机上，他们两人中肯定会有一个人注意到对方才是。

难道我的证言是他的致命伤……不会不会，没事的。不管情况如何蹊跷，他都不可能是杀人犯。

这样想着，小A突然发现了一个严重的问题。她的心脏开始狂跳。

"怎么了，小A？你脸色很不好啊。"

小B满脸担心地凑过来。小A强颜欢笑地摇了摇头，脸颊肌肉不自觉地抖了一下。

如果冢原是凶手，而他又编造了不在场证明，要是他通过某种渠道获悉小A在那趟航班上，她的存在对他来说就是莫大的威胁。

那天袭击我的那辆车，难道是他开的吗？

一种不祥的预感在她心头缓缓升起。

4

第二天下午，小A飞完大阪的航班回到乘务科，小B凑过来对她耳语："刑警好像还在调查冢原是不是乘坐了一〇六次航班。他们看了乘客名单，没有发现冢原的名字。"

"可能是用别人的名字订的机票啊。"

"要是冢原真的在飞机上，那就只能是你说的那种情况了。"

小B一脸关切。以往遇到这种事情，她总是激动得上蹿下跳的，这回似乎没了精神。或许因为嫌疑人是小A的前男友吧。

"谢谢你，就这样吧。我们等着看结果就好了，反正我们也没什么可做的。"小A对小B挤出一个微笑。

"可是……"

小B很不满足。小A没管她,开始收拾东西准备回家。

这天晚上,她接到了冢原的电话。

那时小B正好在洗澡。正在收拾晚餐餐具的小A用围裙擦了擦手,接起电话。

"喂,是早濑吗?"

她马上就听出是冢原的声音,浑身都开始紧张。

"冢原……你怎么打到这儿来了?"小A记得自己没给过他号码。

"我给你父母家打电话了,是他们告诉我号码的。你跟朋友两个人一起住吧?"

"嗯……"小A握着听筒的手汗涔涔的。

"你好吗?"

"嗯,挺好的。"

小A嘴里说得轻松,语气却有些沉重。不知是不是察觉到了这一点,冢原沉默了。

"那个……你找我什么事?"

"嗯……其实我卷入了一宗案件。有没有刑警找过你?"

小A犹豫了一下,然后直截了当地告诉他:"找过了。"

"果然,"他回答,"刑警提起你了,问我是不是知道一个叫早濑英子的人。我问他们你怎么了,但是他们不告诉我。"

"这样啊。"听起来刑警似乎想对他隐瞒小A在一〇六次航班上执行过乘务的事实。"我说冢原,"她说,"你到底卷入了什么案件?警方为什么怀疑你?"

过了一会儿，他答道："发生了很多事情，一言难尽啊。我想见你，跟你当面说，所以才给你打电话。"

"当面说，可是你身边……"

是不是有警察盯着呢——小A心里想着，但没说出口。他似乎也想到了这点。

"警察那边我会甩开的，这个不难。你明天有空吗？"

"我尽量吧。"

然后他告诉她见面的时间和地点。傍晚五点，在东京的某商场楼顶。

不久前还是啤酒花园的楼顶，现在只孤零零地摆着几条长凳。小A在其中一条长凳坐了下来。五点整，身穿灰西服的冢原现身了。小A想起他从前就很守时。

一看到她，冢原微微点头示意，坐到她身边。

"我是不是给你找麻烦了？"冢原先开口。

"麻烦倒是还好……只是觉得有点莫名其妙。"

"我想也是。"他一声长叹，沙沙地抓了抓头皮，"我有一个上司，姓中上，是个科长。就是这个中上科长，在盛冈被杀了。"

小A咽了一口唾沫，但仍然觉得口干舌燥。

"跟他一起去出差的那个人就是我。"

"所以警察才怀疑你？"

听了小A的提问，他缓缓摇了摇头。

"也有这个原因吧。但是我认为警察怀疑到我头上最大的原因在于杀人动机。我跟科长在工作上意见不合由来已久，科长一直想把我赶走。"

"这就是你的杀人动机？"

"看来就是这样的。"冢原苦笑着。

看着他的侧脸，小A稍稍放心了一些。

"但是我有不在场证明。"

听了他这句话，小A心里又咯噔一下。

"你指的不在场证明是……"

"我跟科长在盛冈分别，先回了东京。科长遇害的时间好像已经被警方推断得很精确了，那个时候我在新干线上。"

"新干线？"小A反问道，"你不是在飞机上吗？"

"你肯定知道，现在已经没有花卷飞东京这条线路了，我才坐列车回来的。那天晚上正好有个同年进公司的男同事的送别会，我下了车直奔会场。所以证人有一大票。"

"啊，是这样啊。"

从到达送别会的时间倒推起来，大概能算出冢原最晚几点必须登上列车。如果这个时间早于案发时间，那他的不在场证明就成立了。

"事情很怪啊。刑警来问我们你究竟是不是坐了从札幌到东京的飞机。"

"札幌到东京？这是怎么回事？"

"我也不知道。可警方的确给我们看了你的照片，问了这个问题……"小A说着，心里越发纳闷。她想起了什么，从包里拿出一张航班时刻表，铺展开来。

"果然如此啊。虽然没有花卷到东京的线路，但是如果从花卷先去札幌，再去东京，是没问题的。而且在札幌的候机时间也不算长。"

冢原看着她手上的时刻表，点头表示赞同："原来还有这种可能，这样也能勉强赶上送别会。警察一定认准了我是用这种方式来制造不在场证明。"

案发时，警方马上就怀疑冢原了。但是他那时候正在列车上，有完美的不在场证明。然后警方就开始调查坐飞机的可能性，他们肯定是按照经停札幌这个思路调查的。

"警方肯定很想获得你那天乘坐了那班飞机的证词。所以即使我们都否认，他们也仍然不放弃，还在纠缠不休。"

小 A 说话的时候，身旁的自动售货机的阴影里传来咕咚一声。冢原似乎没察觉，还想说什么，小 A 说了声"嘘"，制止了他。

"怎么了？"冢原压低声音问道。

小 A 指了指自动售货机。"那后面有人。"她小声说。

冢原脸色铁青。

难道是前几天袭击自己的那个凶手？小 A 一边琢磨一边蹑手蹑脚地走了过去，然后突然转到机器后面。

"啊！"发出尖叫的不是小 A 而是对方。

你想干什么——小 A 正想厉声质问，突然看清了对方是谁，她张大了嘴巴："小 B……你在这里干什么啊？"

"嘿嘿嘿，被你发现了……"小 B 一边挠头一边站起来。她穿着运动衫、牛仔裤，这是她从来不会选择的朴素搭配。貌似她想变装一下。

冢原也惊讶地走过来，小A向他介绍了一番。小B一副害羞的样子，深深低下了头。

"其实昨天我只是假装洗澡，偷听了小A的电话。然后我想这下麻烦了，于是……"

"有什么麻烦的？"小A的声调不知不觉变高了。

"你别那么生气嘛。那个……我是觉得前两天袭击你的人说不定就是冢原。具体的我不明白，但是他也许怕你成为他制造不在场证明的绊脚石呢。我就是想万一你有个三长两短，我还能帮上忙，所以就跟来了。"小B说着鞠了一躬，说了声"对不起"。"小A的前男友一定不会做这种事情的，可我就是不放心。刚才听了你们的谈话，我知道我误会了。实在不好意思。"

看着小B忙不迭地道歉，小A实在不忍心责备她了。连她自己都这么怀疑过。

"我没听明白，早濑被袭击是什么意思？"

冢原一脸不可思议的样子，小A就告诉了他前两天差点被车撞的事。这回连他也紧锁眉头。"当然不是我啦。可是究竟谁能干出这种事呢？"

小A摇摇头。

"太危险了。不知不觉中你就跟人结了怨，还是早点报警吧。"

"那个……这件事吧，"小B一缩脖子，小心翼翼地看着小A说，"其实我已经告诉警方了……"然后她指指小A的身后。小A一回头，看到刑警坂本他们正站在那里。

"小B，你……"

"对不起。可是,如果冢原真想要你的命,我一个人怎么应付得了呢?"

"藤小姐提供的线索很有价值,其实我们也怀疑过你。"坂本朝小A走了过来,说,"我原本以为你和冢原串通一气,故意隐瞒他那天坐了飞机的事实。可是方才听你们一席话,我知道早濑小姐跟此事无关。"

"冢原应该也是清白的吧?"小B从旁插嘴道。

"这可不好说。"坂本的嘴角浮现出一抹笑容,他从侧面瞄着冢原,"看起来你刚刚意识到能拿飞机做手脚,但实际上是不是这么回事很难讲,而且也不能排除你袭击早濑的可能性。"

"我为什么非要杀她?"冢原的话中带着怒气。

"假设你乘坐了一〇六次航班,那就应该会注意到早濑是空姐之一。如果她同样注意到了你,那么你苦心设计的不在场证明不就白费了吗?所以你决定杀了她。这种思路也有可能嘛。"

"愚不可及!"冢原甩给他一句。

"是不是愚不可及还没见分晓呢。而且,现在据我们调查,当天的乘客里有一个人身份不明。你等着瞧,我们一定会把这个人找出来的。"

坂本给身边的刑警使了个眼色,准备撤退。

"等一等!"小A突然出声喊住了他们。

坂本站住了,回头看着她。

"你说有一个身份不明的乘客?"

坂本点头说:"那人应该用了假名。"

"可是你没有证据能证明那人就是冢原?"

"是啊,现在是没有。"坂本说着瞅了一眼冢原。

"就算那人不是冢原,也有可能是盛冈凶案的凶手,是不是?"

坂本微微侧头,皱紧了眉毛。"你什么意思?"

"就是说,"小A舔了舔嘴唇,做了个深呼吸,"假如凶手那天应该在东京,却为了杀人专程跑了一趟盛冈,那么这个人同样有可能在杀人之后从札幌乘坐一〇六次航班。"

"你说的……也有可能。"

"然后凶手回到东京,马上去见别人,制造不在场证明。"

"你是说我们对冢原的怀疑同样可以用到别人身上?"

小A等坂本说完,又冲冢原说:"冢原,你说你那天回到东京之后就去参加一个同年入职的同事的送别会了,对不对?"

"嗯,那又怎样?"

"送别会有没有拍全体纪念照?我想确认一件事情。"

"你这么一说……送别会结束以后的确拍了这样一张照片……你是说,凶手就在那天出席送别会的人当中?"

"这个得等我看了照片才能回答你。照片呢?"

"在我家。"

"那咱们现在就一起去吧——刑警先生意下如何?"

"我们当然一起去了。但是你究竟打的什么主意?"

"我还不能断言什么,只是觉得说不定能揪出真正的凶手。"她无视一脸惊讶的刑警,对小B说:"小B,你去跟北岛小姐联系一下。"

5

案件侦破已过了十天。冢原到达机场，小A和他一起出来，看着飞机起落。

"我要去国外工作了。"冢原话音明快，"之前就跟公司申请过，这次终于批准了。我觉得时机正好。有很多事情我想忘掉。"

"是嘛。"小A眺望着跑道说。

"可能这段时间就不回日本了。"

"……这倒也好。"

"给你添了不少麻烦。谢谢你帮我洗清了嫌疑。"

"没什么……不是什么大不了的事情。"小A拢了拢头发，笑了起来。

那天小A来到冢原家，看了送别会的照片后马上把北岛香织找来，让她看看照片里有没有她在飞机上遇见的那个怪人。香织看了好一会儿，一拍手，指了指其中一个男人的脸。

"就是这男人，错不了。在飞机上的时候，他鼻子下面还有胡须来着，但的确是他。"

此人是和冢原同年入职的田口。

"果然啊。"小A悄声道。

"果然？"

"凶手就是他。"小A跟坂本说，"这人跟冢原一样，那天必须参加送别会。所以他专程去了趟盛冈,杀了科长,然后经由札幌回到东京。"

事情的发展超出预料,坂本一句话都说不出来,只是一直盯着照片,他问小A:"你怎么知道他坐在这位小姐旁边?"他边问边看了看北岛香织。

"我想起那天执行乘务的时候跟北岛小姐聊过天。我好像说了句'好久不见'。北岛没说话,只是朝我笑了笑。如果当时除了北岛以外还有认识我的人坐在附近,肯定会误以为我是跟他打招呼。"

"你认识田口?"

"算认识吧。"小A说着看了看冢原。

冢原一时没明白过来,但马上张大嘴点了点头:"就是那天那个……"

"是的,那天我跟他见过。"

约三个月以前,小A和冢原重逢的那天,冢原身边有个同事。那人正是田口。

"田口应该记得我。所以,我跟北岛打招呼的时候,他误以为我在跟他说话。他以为自己的不在场证明会彻底毁于一旦,于是第二天袭击了我。"

"是这么回事啊。"坂本抱着胳膊念叨着。

这之后就是坂本他们的工作了。田口被迅速逮捕。北岛香织记得他的长相,这成了关键证据。据说田口跟被杀的中上科长的老婆有外遇,怕事情败露,于是痛下杀手。他招供说自己专门从东京跑到盛冈就是为了嫁祸冢原,让警方怀疑冢原。

"通过这次的案件,我明白了一件事。"冢原说,"我明白了你当年跟我分手真是正确的选择。跟那么多优秀的朋友在一起,你也变得更加光芒四射了。"他像从前一样,笑的时候露出一口雪白的牙齿。他伸出右手说:"再见了。多保重。"

小A用力跟他握了握手。他的手掌结实而温暖。

"再见。"小A也对他说。

冢原放开她的手,转身大步离去。小A确定了他没有再回头的意思,也转身离开。她要回到工作岗位上了,可不知为什么,泪水开始在眼眶里打转。

这时前方出现一个身影,是小B。

"你磨蹭什么呢,小A。我买了鲷鱼烧,赶紧来吃啊!"

"马上就来!"小A说着,朝小B挥了挥手。

图书在版编目(CIP)数据

空中杀人现场 /（日）东野圭吾著；杨婉蘅译. —— 2版. —— 海口：南海出版公司，2019.6
（东野圭吾作品）
ISBN 978-7-5442-9557-4

Ⅰ.①空… Ⅱ.①东… ②杨… Ⅲ.①长篇小说－日本－现代 Ⅳ.①I313.45

中国版本图书馆CIP数据核字(2019)第043919号

著作权合同登记号　图字：30-2013-026
SATSUJIN GENBA WA KUMO NO UE
©KEIGO HIGASHINO 1989
Originally published in Japan in 1989 by Jitsugyo no Nihon Sha, Ltd.
Simplified Chinese translation copyright 2020 by ThinKingdom Media Group Ltd.
All Rights Reserved.

空中杀人现场
〔日〕东野圭吾 著
杨婉蘅 译

出　　版	南海出版公司　(0898)66568511
	海口市海秀中路51号星华大厦五楼　邮编 570206
发　　行	新经典发行有限公司
	电话(010)68423599　邮箱 editor@readinglife.com
经　　销	新华书店
责任编辑	张　锐
特邀编辑	杨雯潇　王　雪
装帧设计	朱　琳
内文制作	王春雪
印　　刷	河北鹏润印刷有限公司
开　　本	890毫米×1270毫米　1/32
印　　张	6
字　　数	128千
版　　次	2013年6月第1版　2019年6月第2版
印　　次	2023年6月第30次印刷
书　　号	ISBN 978-7-5442-9557-4
定　　价	35.00元

版权所有，侵权必究
如有印装质量问题，请发邮件至 zhiliang@readinglife.com